幸田文 季節の手帖

幸田文 著

青木玉 編

平凡社

幸田文 季節の手帖

平凡社

装幀　吉田浩美　吉田篤弘（クラフト・エヴィング商會）

目次

第一章　春

第二章　夏

第三章

秋

第一章

春

蜜柑の花まで

酒飲みの父が亡くなってから、お酒のことを年々余計におもうようになった。もともと私は飲めない女だから飲みたい欲はないけれど、お酒はいいものだなあとなつかしい。それに、この一月はお酒のある席で深く印象にとまることに出会ったので、このところ余計酒のあれこれをおもいだしている。二三日まえも山形へ短い旅行をして来たが、そこでもしきりにお酒のことをおもった。あちらはまだ梅の蕾《つぼみ》がようやく膨れ、桜の幹もいくぶんてりを持ちはじめたかなという気候である。さすがに三月末でも山国で、丹前の背なかは自然に凝ってくるような冷えかたであるし、幾度すわりなおしても臑《すね》は骨からが冷たくなる。すると翌日は雪が降りだした。飲める人なら飲まずにはいられないという旅空である。かなり濃く降る。しかし、雪質は水分が多いのだから、物へ落ちるとすぐ形も色も消してしまって、そう易くさっさとは積ろうとしない。舞台の雪は黒い一文字から落ちてくるものにきまっているけれど、ほんものの雪は空のどのへんからあんなふうにして落ちてくるものだろうか。ふり仰いで見ても一面灰色の空は、ごく近い限りのことしかわからない。その近い限りから雪の一とひら一とひらは、なんとなく出てくる。あら、あら、というように続き続いて降《お》りてくるのはふしぎである。おとぎばなし的にふしぎな現われかたで雪は降りてくる。湧いてくるのでもなし、押しだされてくるのでもなし、吹き飛ばされ撒きちらされるというのでもなく、ただ天からふわあっと現われ出て、ゆるく降りてくるといった感じである。その初めもさだかならず、その終りはたちまち形をなくす、というのだから、なんと心を唆《そそ》られる観《み》ものだろう。どうしてもここにお酒がなくては納まらない観ものである。

積った雪もお酒にいいし、降りつつ積りつつの雪もいいし、降ってくる一とひら一とひらの雪はまた酒とは殊にいい組みあわせではあるまいか。飲まない私は心中やたらとお酒がなつかしかった。といっても、私がなつかしがる酒というものもはなはだはっきりはしていない。自分が飲みたいわけではなし、酒の対手《あいて》をするのがおもしろいというのではなし、細々《こまごま》と酒のしたくをする厨房の時間が好きなのでもなし、何のゆえにこんなに旅につけ雪につけお酒がなつかしいのか、わけはわからないのである。

むかし私はよく雪の日などには、特に気が勇んで父の酒のしたくをしたものだった。雪の日にあたたかい鍋のものをしたくするのは人情だし、また実際たべてもうまいに相違ないが、私はそれをわざとしたくなかった。雪が降るからこそ湯気の鍋よりむしろ潔く青い野菜などが膳へつけたかった。うちの者の声さえも籠《こも》るように深く降り積んだ晩だからこそ、ぴりりと辛《から》いはっきりした食べものがこしらえたいと考えるのは楽しかった。鍋ものは雪より多分こがらしのほうがいいかとおもうのだ。ひゅうっという裸木の声にからんで、ものの煮える音が膝のそばからたぎってくれば、うまさと酔は倍ましである。それはさておき、ちょうどこんな春の雪の日に私は蕗《ふき》の薹《とう》をえらんだ。父はこれを喜んでくれたが、「ああ、酒うすきこと水のごときものだ」といった。蕗の薹に酒の味を奪われたのを歎じていったのではなく、その逆である。その日その晩、ただなんということもなく蕗の薹を嚙んで、水のごとき酒をふくんだことに興じている父なのである。酒の味のなくなった酒を酒の肴にして嗜《たしな》んでいる人なのである。こんな酒の記憶が私には忘れられない。

いまはどうなっているか知らないが、三十年ほどまえには寒中に酒を搾《しぼ》ったものだった。ちょうど紅梅の咲く時季であるが、少し白濁している初搾りの新酒は、盃へ紅梅をうかせて飲むならわしがあった。澱《よど》んだような半濁の液に紅梅を添えて、いっそう見る眼の艶を補おうというのか。あるいは又、なれていない酒だから糟臭《かす》く、十分の清香がたっていないので鼻を助けるために梅の香を借りるのか、私は知らない。父はそれが大好物だった。黒塗のお膳の向う隅に紅梅の小枝を置き、青磁、鼎《かなえ》[1]がたの盃台に薄鼠色の玉《ぎょく》の盃を用いて、はなはだ機嫌よく新酒を飲むのである。しかし、これはまわりが早くて、あまり機嫌がよくなりすぎる傾きがあるので、家人には顰蹙《ひんしゅく》敬遠されていた。

紅梅の酒の期間が過ぎると、花の酒になる。花はたいがい四月上旬だが、そのころには私の母の命日が来る。灌仏会《かんぶつえ》の日にあたる。父の句に、

共に苗を栽えたりし其人は亡くなりて
南殿楊貴妃[2]などいう其桜は咲きぬ　万
葉の歌鬼貫の句　辞は古く情は新なり
冷酒に桜をほむる独りかな
ひとり飲む酒ごつくりと桜かな

というのがある。母は父が四十四歳のとき亡くなったのだから、中年の男やもめと私たち三人の子どもがごちゃごちゃしていた生活は、およそ惨めなものと推察がつく。おそらく酒が大活躍をして父を慰めていたのだろうし、蛆《うじ》が湧くというやもめは味気なくごっくり飲みの酒を飲んだだ

ろう。「ひとりもののごっくり飲み」ということばがあるそうである。

そのころ私たちは花の名所の向嶋に住んでいたが、近くに大倉喜八郎[3]さんの別邸があって、当時四月八日には毎年、感涙会という花の宴が催されていた。邸は隅田川に臨んでいて、もちろん邸内には桜が植えられていたこととおもう。広間の腰張《こしばり》だか床だかには大胆な都鳥の意匠が施されているそうで、それは伊東忠太[4]さんの考案だと聞いていた。大倉さんと父とは交際があった。金持というより私たち子どもは、大倉さんは障子紙みたいな大きな巻紙へ光悦《こうえつ》流という読みにくい字を書く人、それから狂歌を詠む人として覚えているのである。感涙会の招待文は大気《たいき》なこの人でも気になると見えて、文章の添削を父へ相談に来ていたようだった。多分しゃれた招待状だったのだろう。感涙会というのは園遊会式のお花見懇親会らしいが、名からしてわかるように、一中《いっちゅう》、荻江《おぎえ》[5]、そのほかいろいろ、能ある鷹で日ごろは包んでいる隠し芸を、晴れて花の下で御披露に及ぼうという、語るも聞くもともに感涙に咽《むせ》ぶ趣向である。きっと花の興は深いものだろうが、父はたいてい出席をことわって、母の命日を守り、わびしいひとりの酒を飲むことが多かった。大倉さんからは溜塗に朱で桜を散らした半月形の重ね重箱に、幕の内をつめて届けて来るのが習慣であった。だから「感涙会」の判の据わったその半月重は、溜り溜って幾重ねも遺《のこ》っていた。

戦後、私たちは千葉市川にいたが、そのころ父はもう食事以外は臥《ね》たきりで、外へ出たことがなかった。それにもかかわらず、いつか近処の人たちは露伴だと知っていた。その子どもたちは露伴といっても何だかわからないが、白い髯《ひげ》のおじいさんとして、もっぱら髯への興味でよく遊びに来ていた。子ども心は嬉しいものである。なかの一人のまだ学校へも行かない男の子が、おじいさんは臥ていてお花見ができないからかわいそうだといって、どこかの桜へ木登りの冒険を敢《あえ》てし、花の枝を贈ってくれた。子どものことだから風情も枝ぶりもあったものではない、ぎっしりと花のついたすっとん伸びの一と枝であるが、父はそれでお花見をした。眼鏡をかけ、さらにきざみ[6]を取ってその花を丹念に眺め、かつ手に花びらを触れて見、「今年の花か」といって、当時のこくのない酒をリキュールコップに受けて飲んでいた。わびしい病床の花見酒であるとはいえ、もしこの子の好意がなければ、父は最後の春に花を見ることなく逝ってしまっただろう。むかし若い時代には浮きたつような賑やかな花見酒もあったかもしれないが、私が知っての父の桜の酒は、いつも淡く愁いがただよっているのであった。

花が済むとやがて躑躅《つつじ》になる。躑躅のころになれば、去年出来の古酒は重くもったりと濃くなってきている。一方、今年の寒に初搾りをした新酒がもう殆ど澄んで、新清酒としてぽつぽつ出はじめてくる。酒の新旧の入りかわり、端境期《はざかいき》である。これは酒屋の用語では「古酒の別れ」という。古酒は濃すぎるし、新酒はまだほんとのうまみに欠けている。加うるに気候はだんだん暖かくなるし、自然いったいに酒は低調になる。躑躅から酒はまずくなると父は書いているが、古酒の別れに実際酒そのものもうまくないらしい。しかし私の記憶では、躑躅というより柑橘類の白い花が転機として印象にのこっているのである。お椀の吸い口[7]には晩秋からかけてずっと柚子の皮をつかうが、春も晩《おそ》くなればいつまでも古くしなびた皮は不粋《ぶいき》で鈍である。柑橘類の多少肉厚の白い花の清純さを吸い口につかうのが、私は好きだったが、この花をつかうころになると父は、和酒をやめて洋酒にしてくれという註文を出すのである。だから父の春の酒は、雪間にひろう蕗の薹や茎立の青さから蜜柑《みかん》の花の白さまでで、一応の終りになるのである。

　こう書いてきてみると、私が何のゆえに酒をなつかしく思うのかということは、おのずから明らかである。父の酒には季感が附随し詩情が添わっていたのであり、私はそれをなつかしんでいるもののようである。父がいなくなって、今はもう時間がたっている。私のまわりには酒の気といっしょに、季感も詩情も縁が切れてしまっている。縁が切れたればこそこんなになつかしく思うのではなかろうか。

（一九五五年　五十歳）

註

1 ［鼎］ 三本足の金属の器。

2 ［南殿楊貴妃］ 南殿《なでん》は八重桜の別名。楊貴妃は八重咲きの品種名。

3 ［大倉喜八郎］ （一八三七〜一九二八） 実業家で、大倉財閥の創設者。

4 ［伊東忠太］ （一八六七〜一九五四） 建築家。代表作は築地本願寺。

5 ［一中、荻江］ それぞれ一中節、荻江節の略で、三味線唄。

6 ［きずみ］ 傷見。物の上に置いて使う拡大鏡。

7 ［吸い口］ 吸い物に浮かせる香味。

早春

都会の生活をしていると、季節を感じることが暦よりずっと後れがちである。花が咲いてから春だと思い、葉が落ちてから秋だとおもう。それでもむろん結構なのだが、なんだかそれでは一と足も二た足も遅くて、「けはいの愉しさ」は感じられない。それでつい、一歩早い季節のけはいを探りたいと思うのだが、季節を探って鵜の目鷹の目というのもまたあさましい。けれども、こちらに季節を待つ心があると、ふとした折に自然うまい拾いものもするのである。福の神に逢うというのだろうか、眼にも気もちにも浸み入るような、季感をいっぱいに含んだ風景に、ひょいと出会うことがある。そんなときこそ、ほんとに福というものを信じる。先日も早い春のけはいを見せてもらって、福を感謝したわけなのだが。——

それは節分にはまだ七八日も日があろうという一月末のことで、私はそのとき都心を流れるどろんどろんのきたない川の、川べりの宿にいた。川を前にした部屋は、お天気さえよければ一日じゅう水の反射があって、明るく暖かく上々《じょうじょう》の部屋なのである。でもそれは都会のまんなかの川の河岸なのである。川幅はあまり広くないし、向う河岸は二階三階の商店や住いやら、もっと高々としたビルや広告塔もあって、朝の陽がやや遅いのはつまらない。家並の間々にはいつまでも明けきらない薄暗さが漂っているし、まして川面《かわも》にたゆたう夜のなごりは、そう匆々《そうそう》とは消えて行かないのだった。

その朝、六時半ごろだった。戸を繰ると、霜だなあけさも、という向う河岸の眺めである。川を挟んで真向うにバタヤさんの溜り場[1]があって、そこに置いてあるものみなが霜げているのが見てとれる。バタヤ溜りのまえに荷足《にたり》[2]が一艘、何を積んだかほとほと小縁《こべり》まで沈んで舫《もや》っていた。舟の上には七輪にちろちろと火が燃えて、頬冠《ほおかむ》りの親爺が一人、出舟のしたくをしている。綿入れ袢纏《はんてん》・股引《ももひき》・地下足袋・軍手で、煙草を啣《くわ》えたまま舳《へさき》[3]の舫い綱を外しにかかっていた。外した綱をていねいに綰《わが》ねると、こんどは渡り板をあがって行って、陸《おか》にあった自転車を舟へ運びこむ。手がつめたいと見えて、七輪の焔のなかへ軍手を突っこんであたっている。焔のなかで焦げないのか、こちらから見ていると手品のようだ。

そこへ籠をしょったバタヤが来て、うろうろしたあげく、川へおしっこをはじめ、親爺が顔をあげた。「おはよごす」といい、「おお」という。親爺は渡り板を外してかたづけ、艫《とも》[4]へ行き、もう一本の舫い綱を外す。私ははじめて舫い綱というものが二本二か処にあることに気づく。川面は鉛色に澱んで板のように平らか、蜜柑《みかん》の皮があざやかに浮いて緩《ゆる》くくだって行く。

いよいよ出て行くのだ。河岸の石垣へ長柄の藁《わら》だわしを当てがうと、親爺はうむと両手に力を込める。ややしばらく、そのままの姿勢で力は持ちこたえられている。やっとかすかに舟は身じろいだかに見えて、静止である。藁だわしを使うのは石垣を損じないためなのだろうか、優しい。親爺はバタヤにちょっと頭をさげ、バタヤは腕組のまま会釈だけして無言に立っている。それが出舟の挨拶である。動くともなく、しかし舟は動いて石垣の一と目一と目をずれて行く。親爺は藁だわしを置き、艫へ行き、柁《かじ》をおろし、柁はぎいと鳴った。舳へ行き、七輪に薪《まき》三本をくべ、煙は白く立つ。も一度、藁だわしで河岸を突っぱる。舟は緩くすべって、川面が急に明るい。陸《おか》を見ると五階ビルはことさらに黒くて、陽をしょっている。たわしは水竿にかわり、力は肩へと集まり、親爺は身を曲げて踏んばる。舟は岸を離れて、もはや斜に川の中心へ乗りだし、向きを下流に整えてするすると行く。川も舟も明けようとしている。

それなのに、そこに橋がある。橋の下はまっくらだ。舟はその橋の下へかかって、まさにゆうべのなごりの夜へはいろうとする。水竿は橋桁《はしげた》へ突っぱられる。竿は細くしない、頬冠りの手拭がぼやっと、舟はまっくらに橋へ呑まれ、ほろほろと七輪の火は丈が伸び、夜の火の色は赤かった。私は見送っている。橋のこちらの水面にはしきりに水沫《みずしぶき》、……みお[5]も揺がぬ静寂な舟出である。一日のはじまりである。舟は舳から橋の闇を出ぬけ、燃える焰は丈を縮めた。かくも静まりきった出発である、無縁の私ひとりが人知れず見送っている出発であった。感情はまったくないようでいて、また溢れるほどの感情がこもっていた。

　と、とたんにあたり一面が花やいだ。朝の太陽が飛びあがったという感じで、ビルの上にいた。鉛の板のようだった川面はたちまちうねりを見せ、うねりの背には明るいきらめきが載ってい、私のもたれたガラス障子にはゆらゆらと反射光が揺れる。街のなかの日の出なのだ。

　丹前にゆかたで立っていた足の指は紫色にしびれている、鼻のさきは痒《かゆ》いほど冷えている、——でも、立春にさきがけて霜のなかからしかと春のけはいを受けとったのは嬉しかった。こういうのが福というものだと思う。

（一九五七年　五十二歳）

註

1 ［バタヤ］廃品回収業者。
2 ［荷足］川海の運送などに使う小船。
3 ［舳］へさき。船首。
4 ［艫］とも。船の後方。
5 ［みお］船が安全に通れる底の深い水路。

立春

立春と聞くと、氷が張っていてもあたりが花やいで見える。

新年に小倉遊亀《ゆき》[1]さんにお話を聴く機会があった。色が語られた。色といってもはっきりした色のことではなく、しいていうなら、ありやなしやのうちに見る色とでもいうのだろうか。

蕗《ふき》の薹《とう》のことである。小倉さんの住われる鎌倉は東京より気候が暖かいのであるが、けさ見れば——というのが新年の朝のことだが——だらだらと崖《がけ》になったあたり、土がところどころうっすらと青く感じられ、これはきっと蕗の薹が頭をもちあげてきたのだなと思って、なおよく見れば、たしかにその通り。土はただ円く盛りあがっただけで、蕗の薹はまだ頭を出してはいないのだったが、——「もうじきでしょ。じきに出て来ますよ」と話された。小倉さんも嬉しそうで、蕗の薹も、さぞ暗い土から明るい外気のなかへ出るので嬉しかろうし、伺っている私もおかげで、逸早《いちはや》く春のみどりを見る思いがした。

色は話すにも書くにも、まことにむずかしい。会話のほうがまだしも気楽だが、それにしても赤とだけでは、どんな赤だかわかりはしない。椿の赤とチューリップの赤では違う。作文になるともっと路《みち》が狭い。椿のような赤などと書けば、のようなだけ色は色褪《あ》せて感じられる。談話には声というものが介添するので、いくぶんは直接な響を伝えてもくれるが、活字の行列では行間に間違いなくその赤を示すことは、私にはできない相談である。私の色はいつものような色で、まだるっこい色なのだ。

小倉さんはまだ土のなかに埋もれている青を、ひっぱりあげて見てしまう眼をもっている。蕗の薹はまた、土をかぶりながら縁《えん》に立つ小倉さんまで、青い色をにじませたのである。眼も草も生命の活力に溢れていて、はじめて捉えることができ、話すことができる色合である。これでなくては春ではない。

立春とはいえ、霜はまだ幾度も降りるだろう。霜の朝はものがみんな小さくなっている。屋根も草っ原も白く装われるのに、一と嵩《かさ》小さくひきしめられる。草などは霜に萎《な》えるのだが、屋根がこぢんまり見えるのは私だけだろうか。雪は輪廓をひろげて見せ、霜は反対だとおもう。大きな霜の朝、自分も冷たさにちぢこまって小さくなりながら、あちこち見て歩くのはおもしろい。

私の庭はけさ霜柱はなかったが、霜に荒れた土がいかにも見苦しい。我慢がならないので少し手入れをしてみた。まだ土をいじる時期ではなく、べとつくくせに油気がない。まだ何度か霜が訪れなくては、土に色はささない。暦の上だけでない春が早く来ればいいと思うし、霜の勢いの殺《そ》げるのも名残《なごり》惜しいのである。

（一九五九年　五十四歳）

註

1 「小倉遊亀」（一八九五〜二〇〇〇）日本画家。豊かな色彩と大胆な構図の人物画、静物画で知られる。

春の翳

皮を剝《む》いた筍《たけのこ》のような議事堂が、よく晴れた空に丈高く見えていた。タクシーでそこを通ったのだが、もう春の修学旅行シーズンなので、中学生らしい男の子たちが黒々とかたまって記念写真をとろうとしていた。そのさきには女学生の一団が、これも記念撮影で並んで騒いでいる。どんなにか楽しいのだろうと、頸《くび》をねじて学生たちを見やるのだが、車はすぐ住宅街へ曲って、一軒の路地にまっ黄色なものが丸く盛りあがっていた。連翹《れんぎょう》なのだった。「春になったなあ」と連れの若い男のひとが言う。私もそう思ったところだった。

春愁というようなしっとりしたものではないけれど、毎年私は花が咲くころにきっと一度や二度は、ふっと寂しく気が沈む。人より強く春を待っているのに、さて春だとなると楽しいなかにかならず、原因不明な寂しさが来る。なんの愁《うれ》わしさかと長いあいだ、自分でも不思議に思っていたが、先年やっと「ははあ」と合点できていい気持だった。持ち越してきたものを「解決したこころよさ」だった。

これは、観光地に育った子供が感じるうら寂しさなのであった。私の生まれたところは桜の名所だった。川に沿って長い桜の土手があり、春は遊楽の客が集まるし、土地の人も葭簾《よしず》[1]茶店を出して商いが賑わうのである。このなかで子供がぼんやりおっとりしているはずがない。おとな以上にいろんなことを見たり聞いたり思ったりしてしまうのが、観光地の子だとおもう。おとなは儲けや稼ぎ高で頭のなかがいっぱいになっているから、子供が覗いていることなど気もつかず、朝のお客、来るお客には愛想笑いや「お茶おあがんなさいまし、一服なさってらっしゃいまし、草餅、ゆで卵はいかが」と言うけれど、夕がたの客、帰り足の客には笑わないのだった。そして客もまた家路へ惹かれる早足で帰って行く。ちょうど川に夕潮がさしてくると同じような速さで、土手の上の人影はばらばらとなくなって、桜だけがほの白く残る。この昼の賑やかさと夕ぐれの寂しさを子供が見逃すわけがないのであるが、おとなという——子供のなれの果は、そこを庇《かば》ってはくれなかったのである。

小学校のときの友だちといまだになかよくしているが、思いは同じだと見えてこちらから訊かなくても「夕がたの土手は急に寂しくなっていやだったわねえ」と言う。

熱海や別府のような大観光地は、朝も晩も往く人、来る客に、潮の退きどきなどない。のべつ幕なしの繁昌である。東京の観光旅行団もそうである。迎えるも送るも、いとまない往ったり帰ったりである。そんなことは誰もなんとも思わない。ただ私だけが、——大正初期まで桜で名をとどめていた、はかない三日見ぬ間の観光地に育ったせいで、修学旅行の団体を見たり春を感じたりすると、うっすりと心に翳《かげ》が落ちるもののようである。来るものが帰るのは当然だが、常住居るものの寂しさといったらいいだろうか。

（一九五九年　五十四歳）

註

1　「私の生まれたところ」東京の向島。

柿若葉

眼ざとい耳ざといということを言うが、眼や耳そのものが、そのとき急に鋭敏に働きだすのではなくて、そのとき心の働きが鋭敏であると、眼や耳が伴ってさとくなるのではないだろうか。さといのは生れつきもあり、環境や訓練もあるし、生理状態もあるだろう。私は睡《ねむ》るのが名人で、部屋が変ったから、枕がいつものでないからなどいう不眠を味わったことがない。だが老父の晩年には、別室に病臥《びょうが》している父が寝返りしたり、咳をしたりするとすぐ醒めた。父に関しての物音には起きるが、鼠が荒れても犬が騒いでも、それでは妨げられなかったのである。その父が亡くなって、私が一家のあるじになってみると、さて夜の物音に耳ざとくなっていて、すぐ眼がさめてしまう。やはり、いくら老病人でも父に頼っていたと、へんなところで知らされた。そのうちおちついてくると、神経も休まったと見え、常態にかえったが、このごろ、これは年齢による耳ざとさになった。内証ばなしなどへの耳ざとさとは違うが、さとさには消長《しょうちょう》[1]があることとたしかだ。

きょうは投票日で、きのうまでのうるささにひきかえて、ありがたい静かさになった。静かになったから、けさから大層耳がさとくなっている。河馬《かば》の耳はたいへん便利にできていて、水へ入るときは穴がふさがってしまうしかけになっているが、人間の耳もあまりうるさいところにいると、適度に鈍感になって防いでくれるのかとおもう。けさはほんとに掃除の物音などを、久しぶりでさわやかに聴いて、春の朝を楽しんだ。

耳が楽しむときは眼もたのしめるらしい。ここ数日来、柿の若葉がだいぶひろがってきていた。毎年私はこれを楽しみの一つにしているほどなのだが、あんまり絶大なる御支援とどなられると、柿の黄色っぽい葉がいやにもさもさ鬱陶《うっとう》しく、見ていて眼も気もやすまるどころか「こみすぎてるから、すかしてやろう、鋏《はさみ》持って来てよ」などと言う気にされた。それがけさは、柔かくいい葉っぱになっているから、あざやかである。

柿の葉のきれいさが受取れれば、それが基準になって、いろんな青の美しさが見えてしまう。羊歯《しだ》のぎざぎざの青、もちの木の新芽、紅だの白だのの花を囲むさくら草の葉、ことしは二本しか花をつけない鈴蘭の若々しさなどが、映画のなかのようにずうっと順々に眼にはいる。青木の新しい葉はことにみずみずしい。

青が鮮やかに見わけられるときは、陽と影のおもしろさもそこへ浮きだしている。季節もはっきり出ている。色も出ている。形も隠れていない。

けさはいい朝だなあ、そしてこのまいまいつぶろみたいな、ちっぽけでお手軽なすみかも、あたしはこれでまあいいとおもってる、とついひとりごちた。家人もみんな同感らしくて「まずは平安ね」と言う。小でまりの花がまっしろである。

（一九五九年　五十四歳）

註

1 〔消長〕盛んになったり、衰えたりすること。

白い花

小でまりの花がまっしろだ。青い葉の上に乗っかっている花だ。浮かんで咲いている白い花である。小さい手まりという名をもらっているが、おや指の頭ほどの小さい白いまりになっている花だ。それが青い葉っぱを敷いて、撓《たわ》んだ枝へ一つ一つ順々に、階段になって咲く。陽があたっているると陽のなかに浮かんでいるとしか見えない。日が暮れれば暮色のなかに、それこそふわりと乗っている。白い花だとおもう。

白い花の、咲きかけてきたときの白さというものはない。ばらの白さ、白モクレンの白さ、ツツジの白さといろいろな白さがあるが、どれにしても咲きはじめてきて満開になろうとするまでの白さは、目のさめるものがある。白という色の鮮度のきびしさ、潔癖——を思わされる。きのうときょうとが私の小でまりはさかりだろう。せいぜいあしたのお昼までくらい、午後はもう白の気魄は萎える。

きのうは一日、花ばかりへちろちろと気を移していたが、灯《ひ》がついて雨戸をしめたあとも目に残っていた。ふわりと残っている白い花なのである。なにかに乗っかっている、浮かんでいる、といった感じで残っている白い花なのだった。乗っているといっても波のようなものではない。あんなに固くないものの上だ。雲でもない。色などないものだ。風か。風でもない。もっとずっと優しいものに乗っているのだけれど、しいて言うと、なんにも無い上にふわっと乗っているというのが、いちばん近い感じなのだ。乗っかっているというからには、乗られているものが何かなくてはならないのに、おかしな感じを受取っているものだと思った。と思って、もう少しで素通りするところだった。なにに乗っかっているかのせんさくは、先走りしているのであって「乗っかっている」ということばだけが、いま自分に恵まれたものなのだった。あの花は、乗っかっている——とそれだけで今はいいので、私は私の小でまりに、そのことばをもらったのだとおもう。そのことばしかくれないのなら、それがつまり紛れもないその花だという証拠ではないだろうか。私にとっては「乗っかっている」がたしかにあの花なのであった。こういうとき私は上機嫌になってしまう。もらいものは嬉しい。

貰ったことばをすぐ使うようでは一人前ではあるまいが、でも、あしたの手帖には「乗っかっている」と書こうと思うと嬉しかった。

そしてけさ、花はいよいよ咲きそろって白かった。そよりと揺れる風もない。ようやく伸びているカキの若葉をもれて、春の陽も動かない、それなのだった。小でまりの白い花は、自分の青い葉の上に乗っていることもたしかなのだったが、私の目に残った浮きかたもまた確かなのだった。陽の上、夕やみの上に乗っかっている花だった。形のないものの上に乗っていた。乗るも浮くも一つことだった。

これでやっと、この花に済む気持になれた。

（一九五九年　五十四歳）

花三題

十年の余もまえのこと、私はまだ小学生だった娘を連れて植木市を見あるいていた。市はひろいお寺の境内に催されて、相当数の花の木、葉の木があつまってい、昼すぎの陽は軟かかった。にもかかわらず、どうしたことか客の影はちらりほらりだし、植木屋もまたどこへ行ったものやら、ひっそりしていた。大勢のひやかし客や名所のおみやげ売りのような植木屋たちを予想して来た私には、意外な寂しさだったが、結句このほうがのんきではあり、子供と二人ぶらぶらと行った。懐《ふところ》に五円あった。いっさい干渉をせず、子供の望むにまかせて何か買ってやれということで、父から貰って来ていたのである。子供は連翹《れんぎょう》も椿もほしがらずに素通りする。チューリップや美女桜[1]も見すてて行く。私は誘うようなことはいわなかった。とうとう市のはずれへ出そうになって、そこに藤の花が匂っていた。みごとな紫だった。高さはわずかに人のたけを越すほどだったが、根を見れば古さがわかる。鉢じたてである。枝はどこがどう巻いているのか、とにもかくにもその花の長さ、房の多さ。虻《あぶ》が寄っていた。

子供はそれが気に入って正直に、これがいいといったが、私は財布と花をすぐに比較する世故に慣れていたから、簡単に五円じゃだめだろうと投げていた。深ねだりはしなかったが、子供は心ひかれているらしく、木のまわりをまわって見たり、花ぶさに顔をつけて匂いを嗅いでみたりしていた。ひょこっと年老いた植木屋が、代金はお届けしたときでいいからと勧める。木も値段もこの市のお職[2]だといった。むろん笑って過ぎ去ったのだが、子供はいったん場外へ出てから思いかえし、山椒を買ってくれといった。なぜそんな変なものがほしいのかと訊いたら、あれっという顔で、このあいだおつゆのなかへ入れるのがなくて困っていたじゃないのと返辞をした。私は三十五銭払って、とげとげの木を持ち帰った。

話し終って子供が起《た》って行ってしまってから、私は父に、褒めてやったかと訊かれて、はっとした。いいものを択んだときになぜ褒めてやらない、親の心が貧しかったといわれた。

この話からまた二十年もさかのぼって、私は女学生の若盛りだった。住いの隣にはひろい廃園があった。静かなので、ものを書くために父は数年間そこを借りていた。樹木も多く、かなり大きい池もあっていい庭だったが、荒れ放題で年々に窶《やつ》れて行った。池の両岸二か所に照応したかたちで藤の棚があった。どちらのも棚は朽ち折れて、なかば水びたりのまま藤は危くかかって咲き、下には鮒《ふな》が群れていた。ちゃんとした棚に修繕したら、もっと見ばえがするだろうにと惜む心から、私は父に訴えた。

「そう思うかい」と、否定を含んだ返辞が来た。それだけで父は向う岸の藤を見ていた。同じように水へのめっている。見ているうちに風が渡って花ぶさが揺れた。花ぶさはしずかにおちついて、しかも揺れているといった風情だった。「藤と藤棚とは別物だよ。」

はじめて私は藤本来のすがたに気がついたようなものだった。朽ちた棚の裏がわから覗《のぞ》いて、賢《かしこ》だてに棚の修繕などを思っていた愚を悟った。あやうく見ぐるしいのは朽ちた棚であって藤ではない。頼りなく見える藤そのものは、実はしっかりした蔓《つる》を張って、ゆらりゆらりと風に遊んでいるのである。字を書いて縦の棒を引くとき、それには千年の古藤の力がなくてはとも教えてくれた。ついうっかりいると、藤と藤棚とを不可分にして思いこむあやまちを、しばしば私は犯しそうになる。思いおこす父のすがたにも、好きなの嫌いなのといろいろあるけれど、庭園に立って藤の話をした父は好きである。

あんなに植物も動物も好きだった父だのに、晩年はほとんど何もいわなくなってしまった。植物よりもさきに動物を飼うのをよした。愛が去ったのではなく、愛が深くなってかえってそれから離れたのだった。かれらが不満な状態に置かれてなにかを訴えていればたまらなくあわれだし、また満ち足りて無心にいればそれもそれであわれ深く、一々は自分自身のことのように、ひしひしと胸をうって来るらしく察せられた。まして、かれらのために家人の労を煩わせることは、さらに気もちが傷んだろう。愛のあるところには自然煩いも多かったらしく、犬はよすといいだした。

小石川へ越して、そこは借家だった。椎一本、かなめ[3]一本、紫陽花《あじさい》二株の殺風景な庭だった。向嶋にいたときは菊を好んで、圃《はたけ》までを一面の菊にしてしまった父だのに、移転後はだんだんと菊をよし、薔薇もよした。庭とはいえないこの庭に、植物を入れてかたちを与えようとはさらにしなかった。

「木も草もいいけれど、それより平らな地面がおもしろい。」そういうのを私は、へんなことだなと聴いていた。そこは傾斜へ地盛りをした土地だった。借家の庭のやっつけ仕事であるから、一と鍬《くわ》下には大工ごみや瓦かけが埋めてあるのだ。水はけは悪く、そのくせちょっと照るとぽかぽかに乾いて干割《ひわ》れる。

父は痩せ土地の介抱を気ながにやった。土膏《どこう》動くということばが好きなようで、毎年節分になるのを待っている。まだ霜柱にささくれているのを見ながら、そろそろ土の気が動いて来るといってたのしんだ。何年かして地面はややおちつき、平らにひき締ってきた。

「よくなって来た。」父はよろこんだ。しかし庭は、人から貰った薔薇二株を加えて相変らず椎一本、かなめ一本の殺風景であった。

「さようさ、まだまだおまえは咲いた花をたのしむことしきゃ知るまい」という。咲いた花のまえには蕾がある、蕾のまえには芽だちから蕾までの美しさがある。その美しさを知ってのち、裸に枯れた冬の感興もわかる。冬のひそまりを理解して更にのち、なんにもないただの「土」というものをおもう境涯《きょうがい》が出て来るのだという。聴いていて変な気がした。何がいちばん美しく、何がいちばん老成で、何がいちばん若いのだろう。「土」のようにうけとれる。年をとった父は事物の生じる以前の「土」へ愛をもつ、まだ若いはずの私は生成の結果である花や実を愛す、いったいこれは父の心のほうが若いのだろうか、私のほうだろうか。なんとない日常の些事やことばが、なかなかしっかりした釘になってのこるものだ。

（一九五二年　四十七歳）

註

1 〔美女桜〕バーベナの和名。

2 〔お職〕最上位。

3 〔かなめ〕かなめもちの略。バラ科の常緑樹。

いのち

竹のようにすくすくと生長する、ということを言う。まったく勇ましく伸びるのが竹である。でもあんまり勢がよすぎると、勇ましいのを通り越した凄さ、おっかなさを感じる。はじめは誰も竹の凄さなどは知らない。あの姿のよさ、葉ずれの音のさわやかさなどに惚れこんで、うっかり経験者のいうことを上の空に聞き流して、つい手狭なわが家の庭を忘れて植えてしまう。植えて二三年は春の筍《たけのこ》が頭をもちあげると、すっかり満足で、筍だけは値知らずだなどと悦に入る。が、そのあとが大変だ。その土地に定着してだんだんと勢をましてきた竹は、やがて凄さを発揮せずにはいない。

あるお宅では、真夜中にふとものの<ruby>け</ruby>はいに御主人が眼ざめた。闇のなかに家族の寝息は正常である。しばらく窺《うかが》っていると、きききと床の間の見当がきしんだ。はっとすると音はやんでいる。しかし、そちらからすうと冷たい風が来て、枕の上の額を撫でた。冷たい風は間歇《かんけつ》的に来る。と、又、きききときしんだ。たまりかねて起きてみたら、筍が床の間の畳を二寸[1]も持ちあげていて、ちぇっと思ったという。

ところが、こんな話もある。あるお宅では前年に玄関のたたきを破られたので、根を切ってそれでいいと思っていた。すると今年も例年どおり、たくさん親根のそばへ筍が出たので、方々へお裾分けなどして喜び喜ばれた。たべきれない分はぐんぐん伸びて、それはもう竹の子ではなく竹の若い衆、竹の青年に生長し、すがすがしく葉をゆすった。今年竹の美しさだ。筍の季節は過ぎたのである。

そこの老夫人は夜、風呂へ行って帰りは素足になって来た。帰って来た。玄関の畳を一と足踏むと、なにか畳が浮いている感じがした。気をつけるとたしかに変だ。六畳の畳もでこぼこな感じだ。湯あがりの素足が敏感だったのだ。やっと筍だと、それでもまだのんきで、畳を上げてみた。床板がお盆ぐらいな円さにずっぷり濡れていた。見ると畳の裏もぐっしょりだ。釘を抜くと板がひとりで持ちあがった。頭が平べったく潰れた筍がにゅっと濡れて立っていた。えたいの知れない生きものに出合った思いであった。

六畳はさらに凄かった。床下は未来永劫のような暗さと湿りけと冷たさである。懐中電燈を向けると、おぼろな灯のなかにその無気味なものは、五つも六つも、あるいはとんがり、あるいはねじくれて、「生きてるぞう」と無言でいた。声も出せないくらいぞっとしたという。
死ぬこともこわいが、これは誰も教えてくれた人がない。竹は、生きるいのちの無気味を知らせてよこす植物だ。

（一九五八年　五十三歳）

註

1 〔二寸〕六センチメートル強（一寸は約三・〇三センチメートル）。

藤の花ぶさ

「うかされる」ということがあります。心を奪われ、我を忘れることをいうのです。お茶にうかされる、というのは一種の昂奮状態をいうのですし、病気で熱にうかされてうわ言をいいはじめた、などいうのは意識がたしかでなくなったことを指します。どれにしても平常または正常の線から外れて、いわば錘《おもり》をなくして漂い出したような状態をいうのです。

一度だけ私は花にうかされたことがあります。十五六だったでしょうか。藤の花でぼんやりしたんです。たしかに我を忘れたんです。そういうよりほかないと思います。ばからしい話なのですが、どうも少しおかしな状態だったと思います。

当時住んでいた家の裏どなりは、千坪からの大きな庭でした。ある料亭の所有で、別荘というか寮というか、ふだんは番人の老植木屋夫婦が片隅に住んでいるきり、番人の家のほかには二軒のはなれがいつも戸締めのままでした。築山《つきやま》と庭と土橋と、型通りですが坪数があるのでゆったりとしていましたし、老庭番ひとりでは植込みなども手入れが届かず、勝手に茂ったり倒れかかったりしているのが、却って奥ふかい感じでよかったのです。廃苑とまではいわなくても、まあ荒れている庭でした。

そこにはいろんな花が咲きました。もう枯れたのかと思うと、つぎに見る時には一斉に、艶々しく、ざくろが芽をふいてくるし、何処から匂いがすると思えば、それは朴《ほう》が高い梢の葉にかくれて咲いているといった調子で、つぎつぎと木の花草の花が咲きます。桐の木なんか屋敷のすみのほうに押し込まれているのですが、時が来ればきっとうす紫の花を掲げるのです。桐が咲くと菖蒲が咲いて、藤が咲くのです。この三つの紫の濃淡は、相前後《あい》して咲きます。

むろん定跡《じょうせき》通り、藤だなは池のへりにあります。池の二か所にあって、池の表側にあるのは、花房はさほど長くないけれど一花一花が大きくて、色も赤味が強くて華やかでした。池の裏側の棚のは、花が小型のかわり花房が長く、藍っぽい紫ですから、表側のと比べればさびしい色に咲きます。けれどもこれが実にたくさんの花房をつけます。藤は強い匂いはありませんが、それでもこんなにどっさり咲くと、重い匂いが立ちます。うす紫という色と、重くこもる匂いとで、毎年花期にはその一廓は特別の風情を見せます。晴れた日には池水の照り返しが、ゆらゆらと紫の房のなかへさしますし、曇った日には花房はよけい丈ながく見えました。

晴れていました。小さい虻《あぶ》がたくさん群れ、まるで夢中のように花房へぶつかって、うるさいほど唸っています。花はいま盛りで、虻がぶつかってもぶつからなくても、ぽたぽた落ちていました。蝶の形に開いたのも、蕾のままのも惜しげなく水へ落ちます。しいんとしていて、しかも虻がえらくうるさいと思いました。みんな真っすぐに揃ってさがっている花房で、どれがどこから出ているのか、見わけなどつきません。ただ、見れば見るほど紫のたまり、紫の襞《ひだ》は美しく底ふかかったのです。

それで――どうしたのかよくわかりません。私は池へずぼずぼっと入っちゃったのです。入ったのか、落ちたのか、とにかくはっとして二た足ほど踏み張ったのです。池のふちでしたから浅くて、でものめりそうにふみ止まったのです。足をふりもぎって、踏みこたえた感じでした。水は膝のところくらいでしたが、恐怖感が出てしまって、暫く動けませんでした。かねて棚木が朽ちていることも知っていたのですし、それによりかかったとも思わないのですが――棚はまんなかのへんが凹んで、そこの部分の花房がぐっと水へ近く、垂れさがっていました。棚が折れた拍子に、意識外のおどろきみたようなもので、私が前へ飛び出したのでしょうか。それともただ重心を失って、水の中へはまったというのか。それともどこか朽ち柱へよりかかりでもしたか。花にさそわれたなどとは思いませんし、花の中へ行こうとした、などという気もたしかにありませんでした。ああいうのが、うかされたというのではないかと思います。

私自身さえ、どうなったのかよくわかりませんから、誰にも正気の沙汰じゃないと思われました。ほんとに正気の沙汰じゃありません。かといって、それほどへんだとも思われません。奇怪だというほどのことは何もないではありませんか？　花を見ていて、落ちたというだけです。

でも、あのはっと正気に踏み張ったとき直後の、あのしばられたような恐怖は、あれはなんでしょう？　うかされるのは、いつとも知らず快くうかされるんでしょうか。そして正気にかえったその時は、こわいんでしょうか。とすると、こわくないときが本当はおそろしいんでしょうか。

（一九六〇年　五十五歳）

吹きながし

一年のうちのいちばんいい季節になった。旅行もしたいし、おいしいものを食べもしたいし、一日中のうのうと好き自由に休むのも悪くない。そのくせ、大掃除だの洗濯だのの季節だ、とも思うのである。そういう思いかたに我ながら主婦業の年数をおもわせられる。

女もめきめきと体力がついてくるのは、十五、六、七くらいのときだが、その頃私は大掃除に畳二枚を両脇に持つことができた。力があるというより上背があるので出来たのだろう。

忘れがたいのはその折に風というものを知らされたことである。午後になって庭から畳を運び入れようとして、横から風をうけた。畳自体の重さがいいかげんあるところへ、畳の大きさだけの抵抗で風を受けたのだから、ちょっとこう貧血するような感じでじっとこらえたのだが、もちろんそのあいだは立ち停っていた。動けなくなったのである。一と吹きの風の長さがよくわかった。よくもあの時ほうり出さなかったものだが、手を放すこともできなかったのかとも後に思う。

馬鹿らしい話だが、そのとき風のこわさを知った。あらしの風などは知っているが、そんなものではなくてもっとずっとこわく思った。

のちにだんだん思えば、あらしの風へもつ恐れは、あれはいわばみんなに配給されている恐ろしさであり、畳のときは私に襲ってきたこわさ、私が辛うじてこたえ得たこわさなのである。不意打ちとか、思いもかけぬとかいうやられかただった。そしてそのとき以来私は風とは、縞模様がついているものだ、と信じているのである。突飛なことをいうように聞えるだろうが、一と吹きの風の塊りは、頭も尻尾も平均した力で吹くのではなかった。よろけ縞とかやたら縞とかいったかたちの、太いところも細いところも千切れもかすれもある縞模様をもって、一と吹きの風の力は構成されている、と私は信じるのだ。けれども念の為に言うが、この時の風は突風やなにかではないので「風が出てきたわね」程度だったのである。風が吹けば桶屋が儲かるが、私はこわいことをおぼえた。町会の定めた大掃除の日に今年も風があれば、私は畳はごめんこうむる。

きょう少し遠いところへおつかいに行った。ときどきそこへ行くのだが途中に去年から土手を築いているところがある。新しく電車を通す道である。それが出来ていた。築きあげた斜面の土は乾いて、まだ雑草一本生えていない裸だ。土手下の家は埃をかぶって屋根瓦が白茶け、だが高々と鯉のぼりが立っていた。えらく鯉のぼりが生き生きしていて出来上がって乾いている土手も、もりもりした勢いで遠く伸びていて、いい景色だった。どんな男の子がいるのか知らないけど、しっかりやってくれえと声がかけたい気の弾みをうけた。

吹きながしというけど、あれは利口なのだろうか。ばかなのだろうか。吹き流しにすればすらりと行くかわり、とどまるものはない。

（一九五九年　五十四歳）

第二章

夏

植木市

さそわれて七月一日の晩、お富士さまの植木市[1]の、仕舞日《しまいび》の景気を見ようというので、でかけました。

えらく暑い晩でした。前夜からかけてその午前中いっぱいを、じっくりと降ってあがったあとだけに、息ぐるしいような暑気と湿気でした。でも、こういうきつい陽気だと、行かない先にもう、今夜の市はさかんだぞ、という見当がつきます。夏の催しごとは、思いきり暑いほうがいいのです。しみったれた、中途半端の暑さじゃつまりません。活気がたたないのです。

おまいりをすませて、市へ入っていったのが、八時をまわっていたでしょうか。なにしろ人で埋っていました。前後にからだのふれあう混みかたです。うかうかと人の流れのまんなかへんで押されていれば、ろくに見ることもできません。植木は道の両側へ、ぎっしりとでていて、裸電灯にその青さがもりあがっているのですが、私のように人出になれていないものは、押されて流されて立ちどまれません。

「――そりゃもう、むかしから関東一と折紙《おりがみ》のついてる大市なんでしてね。雨さえ降らなければ、いつの年も間ちがいなく、このとおり盛んな人出なんですよ。おかげ様であたし達は、いいあきないをさせて頂いてますが、かならず外れっこない市といえば、まあ此処《ここ》よりほかにないでしょうね。」好きで植木職にはいって四十年、ずっとお富士さまの市へ御厄介《やっかい》になっている、という植木屋さんがいいます。これほどの人の流れを目の前にしながら、売ろうとする押しつけがましさはすこしもなく、きれいな言葉で、ゆっくりした口調で、関東一の大市だなどと話されると、この雑踏のなかにすうっとした涼しさがただよいます。おなじ浅草の市であっても、ほおずき市や羽子板市は、買わせようという強い気合いで店をだすのだが、それにくらべて植木市は自然のままにやわらかく商売をしようとする。つまり、植木市の雰囲気を売る、つもりでやるのだそうです。「もともと植木というものが、こせつかない性分なんですからねえ。」

商品そのものの性質がゆったりしているから、従ってそれを見に来ようというお客さまは、市の気分や風景をたのしむいい人が多くて、ねじけた人は少ない。その証拠に、植木はどこへ置いといても盗まれるということがない。もっとも大きな槙《まき》だの柳だのは、盗める筈もありませんが、小さい鉢ものをだしている店でも、昼食に店をあけて留守にしていても盗られたということはめったにないといいます。
大きいものは槙、つげ、楓《かえで》、木斛《もっこく》、松、檜《ひのき》、孟宗《もうそう》など。小さいものはどうだん、霧しま[2]、八つ手、あおきなど。季節なので、匂いのたかいくちなしや、色の深いあじさいへ、女のひとが寄っていましたが、いかにも優しい夜景でした。ひとごとながら、値ごろいくらに落ち付いたのか、きいてみたいような、心やすさをさそわれます。苗木専門のところは子供連れのお客さんが多く、柿、梨、ぶどうに人気があります。相手かわれど主かわらず、かわいそうに売り手のおやじさんは何度でも剪定の説明をさせられています。しかし、子供の無邪気な眼にみつめられて「ほんとにこの柿、実がなるの？」ときかれればやはり「この枝をここからこう」といわないわけにはいきますまい。

盆栽の店の前には、一見して、なるほどこの人は盆栽を好むだろうな、と思われるひとが佇《たたず》んで、とみこう見して[3]います。今時めずらしい、いい履物をはいていて、その足の爪がきちんととってあります。そのあちらにステテコに腹巻という、痩せた人がしゃがんでいて、しきりなしに自分の盆栽苦心談を発表しています。きいているほうが植木屋さんなのですが、一寸《ちょっと》見てはどっちが売り手なのかわかりません。あんなにしゃべられてはあの前にある五葉[4]の小鉢は、さぞ閉口していることだろうと同情しますが、よくせき[5]盆栽の好きゆえと察します。

草花の鉢ものを売る店は、華やかな色どりです。しかし、大部分の鉢もの屋さんは、いまは花より葉ものを数多く揃えていました。時代が観葉植物の嗜好になっているからです。ゴム、アナナス、ポトス、羊歯《しだ》類などよく売れます。鉢ものはむかしもいまも大衆的で、親しみやすく買いやすいのです。売れ足のはやいものには、値札がついています。そうしなくては間にあわない、一人一人に口で値段を話しあっていたのでは、手間どれてあきないに合わないそうです。すべて簡単明瞭にスピードが尊まれます。だがそこは雰囲気を大切にする場所です。定価をまけろとおっしゃるお年寄りには、愛敬《あいきょう》です、たとえ二十円三十円でもおまけ申して、また来年おねがいっと景気をつけるおもしろさ。道によって賢し、といいますが、うまく言うものだと感心します。また来年といわれれば、悪い気持ちはしまいと思います。

石を専門にする店は、いまはもうなくなりました。石を眺めて楽しむような、渋い趣味はもうかすれてしまったのでしょう。おかしなことに、むかしは通というか、わかった人というかたがたくさんいて、いいもの渋いものが売れた一方、ずいぶんあこぎな値切りかたをするお客様もあったのに、いまは上物高級品はでなくなって、派手なもの大衆ものが売れ、そしてあくどい値切りかたをする人はいなくなったときます。時の流れによる変化は、どこにもちゃんと現われていることを思わされます。

ゴムの木の、あの艶々した広葉に雑キンをかけて拭いている若い植木屋さんがいました。「これ、おまじないみたいなもんでしてね、こうすると拭いているうちに買い手がつくんです――はい、いらっしゃい――ほらね、売れたでしょ！」ずいぶんいい調子です。まさに雰囲気を製しつつ、買っていただいています。

「ほかの何の商売でも決して出来ないことを、あたし達この市の植木屋は許されているんですよ。みんな、ちょっと一杯おみきがはいってるんです。赤い顔してて叱られないんですから、ありがたいわけで。」どうりでさっき見た苗木屋さんは、少し説明がくどくて足もとがだるそうだった、と今になって笑ってしまう。

「いままでのうちで、あなたの心に残っているというような、いい買いかた、粋な買いかたをした人があるでしょ？　どんなふうなのが、粋な買いかたか、きかせてもらえない？」こんな問いをあやぶみながら切りだしてみると、返事は響くようにすぐ返ってきた。「おんなのひとでしたがね、いきなり、これ包んで頂戴《ちょうだい》っていうんです。それがまた、こっちの腹のなかでは、ひとついい儲けをさしてもらいたいと、いわば楽しみにしていた鉢でしてね。それをいくらともきかずいきなりすらっと、包んでくれといわれると、こっちはネが出なくなっちまって、なんだか嬉しいような、惜しいような気がして、結局、考えていただけの値より安くはなしちまいました。」

その気持ちワカル、といいたいものがあります。

「そうかとおもえば、これは綺麗な芸者さんでしたけど、手をにぎらしてやるから百円ひけっていうんです。」

「まあ。それで握ったの？」

「あははは。」白い指と、植木鋏のタコのある指と——からんでもからまなくても、朗らかな笑いのうちに、植木鉢はそちらへ移っていったのだろうとおもう。

ねずみ花火の音がけたたましい。いよいよ人は出さかってきて、十一時だった。


（一九六二年　五十八歳）

註

1　［お富士さまの植木市］浅草・浅間神社は俗にお富士さまと呼ばれ、富士山の山開き（七月一日）にちなんで、現在では五月、六月の最後の土日から植木市が開かれる。この市で買った木はよくつくと言い伝えられる。

2　［どうだん、霧しま］それぞれどうだんつつじ、霧島つつじの略。

3 〔とみこう見して〕 あちらを見たりこちらを見たり。
4 〔五葉〕 五葉松の略。
5 〔よくせき〕 よくよく。

夏ごろも

夏は、涼しく装いたい、というのがだれしもの思うところだが、冬をあたたかく着るより夏を涼しく着るほうが、ちょっとばかり気づかいがよけいかとおもう。裸でいても暑いというのに、一重にも二重にも、とにかく布をまとうのだから、土台からして涼しいことではないのである。

しかし裸が涼しいかというと、そうともかぎらないようだ。炎天には一枚着ていたほうがしのぎいい。私は暑さにまけるほうなので、若い時から夏を苦にする。それで内緒内緒に、ひそかに裸をこころみたことが何度もある。朝めざめて寝巻きをきかえる時、日盛りを帰ってきて外出着を脱ぐとき、さりげなく暫時《ざんじ》の裸のひまを、盗むがごとくにしてこころみるのだが、これはほんとのところ、ありがたいくらいな気持ちよさだ。そこでその暫時をもっと大幅に延長しようという欲が起きるのは、品性にもよるが、自然へ柔順なのだともいいたいのである。

けれども裸はやはり「暫時」のものらしい。暫時をこえるとわが裸ながら、持ちあつかいかねはじめる。もてあますということは、気持ちにもからだにも重さがでてくることで、そうなると涼しい快さはどこへやらで、だれもそこにはいないのに、なにかはばかりあるような思いが半分、残念な思いも半分で浴衣《ゆかた》をはおると、はおってかえって、おや？というような涼しさを感じたりすることがある。裸も涼しく、着ても涼しく、しかも炎暑なのだから、夏はちょっと心づかいがよけいにいる。

浴衣はこのごろ、買い物へいく町なか着とか、汽車の旅着とか、外出に足袋をはいてもおかしくないような柄ゆきのがある。浴衣に足袋が似合わないのは、柄と着付けによるところがあるのだから、それさえ気をつければすっきりできるとおもう。買い物包みを抱えたひとが、額に汗の粒をならべていても、白地に藍の小絣《こがすり》の浴衣をきて、縞の帯を低目に小さく結び、きっちりした足袋へ、緑いろの鼻緒を嚙ませていたりすれば、いい女ぶりである。

埃だらけなきょうこのごろに、履物はみな草履である。浴衣に素足はいいが、その素足が家を出る時は玉のようにみがいてあっても、少し歩きまわれば爪際《つめぎわ》も踵《かかと》もまっくろになる。そんなのより足袋で浴衣のほうがよほどいい。素足の夏は、もう一時代進むか、逆戻りするかしなければ無理だとおもう。よしんば素足がよごれない時代がきても、日本の夏の汽車のなかに、好みのいい浴衣をしまりよく着て、足袋をはいたおんなが、涼しげにおすましをしているとすれば、外国の人たちにもきれいにうつるのではないだろうか。浴衣はいわばくつろいで着るものだが、自堕落な着かたをするのは、むかしから感心されていないのである。いまはなおのこと、よりよくして着る時代だし、それがまた着物への愛情とか、おんな心とかいうものとおもう。

よそいきの紗《しゃ》、絽《ろ》、上布《じょうふ》などは、すくほど薄くて軽くできている。だがこれを買うと、財布もうすく軽くなる。財布が軽くなると、ひとりでに涼しくなる人もあるし、かっかとのぼせる人もいる。いえ、ほんとに、涼しいような暑いような着物、といえるかもしれぬ。すけるからぜひにも、すけない下着がいるのだし、二枚着ることは、すでに気分が暑い。

でも、たのしい着物だ。二枚の布が映りあうおもしろさは、夏ならこその味であり、多少の火の車の暑さは覚悟の上で、一度とすすめたい。

（一九六二年　五十七歳）

風の記憶

　五月の末だったか六月のはじめだったか、そこの記憶がはっきりしていない。極上のお天気でまっぴるまで、——それは影が足もとに縮まっていたからそう承知しているのだが、——そして千葉街道がずうっとまっすぐに白く伸びていた。街道筋はどこも埃っぽいというけれど、さすがに東京を離れた土地は陽も風も肌へすっきりと来るのである。陽は大空から肩へ直線で降りてきているという感じだったし、額へさわる風は出来たての風とでもいうような初々《ういうい》しい風だった。実際また出来たてといえるのである。なぜなら、今あの樹あの家屋からふうっと生れ出て吹いてきた風だとわかるからである。なぜそれがわかるかといえば、街道には緑の樹、黒い屋根、店屋《みせや》の赤い旗や縞の陽除《ひよけ》がずうっと見通せるのだが、その緑の樹がいちめんの金粉のようにきらきら光ると見ると、つぎには黒い屋根が金色になる、つぎには店屋の旗が金色になる、そのつぎ、そのつぎと次々だんだんにまぶしく金色になって、すぐそこのポストまでぱあっと光ると、そのつぎには私の額がさあっと爽やかな風を感じるからである。まぎれもなくこの風は、今の今、あの樹から生じたものであり、さっきの風はあの屋根から吹き出てきたものであり、その出生とその通路とはちゃんと金色で証明されているのである。私は快さだけを心へ詰めこんで、頭はまるでの空っぽにして歩いて行った。まったく気もちのいい道だった。

そこは中山の法華経寺に近い国道で舗装がしてある。五町[1]ほどもまっすぐに見通せる道で、そのさきはカーヴして消えている。もちろん道は両側へいくつもの横町や路地をもっているが、千葉へ向いて左側にはいくぶん右側より路地が多いようにおもう。私はその左側を歩いていたのだが、そのへんには道ばたに三つ四つ池がある。蓮池、睡蓮の池、それに食用蛙のいる池、蘆《あし》の生えている用水池などで、池ごとにかならず路地がまわっていて、またきまって池の奥には一とかたまりずつの住宅があった。私はその食用蛙の池の奥の一軒へ行こうとしていた。道の景色は申しぶんなく初夏の平安と愉快に充ちていた。そして私もなんとなく若やいでいた。アスファルトのうえにはトラックや自動車がびゅうびゅうと行き交う。そこをジープが更にさっと飛ばして行く。ふだんはいやだと思うそのスピードさえが、ちょっとおもしろく思えて、私はだんだんと食用蛙の池へ近づいて行った。

近づいて見ると、ちょうど池のまえの歩道から池の奥へ折れる道にまで、人ひとりが通るくらいな幅を残して筵《むしろ》を敷き、麦が乾してあった。麦は扱《こ》いだばかりなのであろう、粒がみずみずと大きく、いかにも米・麦と数えられる五穀のうちの二位という格を見せていた。どの筵もきれいに平《たいら》にならしてあって、都会育ちのものにはちょっと目を瞠《みは》る眺めであった。私は麦に見とれていた。と、あたりがしいんとしたように思った。見ると、あれだけいつもひっきりなしに走っている自動車がとだえていた。ずうっとあちらのほうまで自動車がなくて、ただいちめんに陽があたっていた。こういうこともあるものだなと、なにか感歎のようなものが浮きあがってきたとき、カーヴのところからゆらゆらくなくなとした、人のかたちに似たものが出て来た。何なのだかまるでわからないものだった。二階家よりも少し丈高く、街道いっぱいに両手を拡げた人のかたちであるが、それには首の部分はなく、足のほうは一本に窄《すぼ》まってい、輪郭だけに薄く茶いろの色がついていて中は透明である。そして、ゆらゆらくねくねとからだを捻《ねじ》って、酔ったような踊るようなようすでこちらへ近寄って来るのである。しいていってみれば、輪郭だけに茶いろの縁どりをした透きとおったなめくじに、両手を拡げさせて起《た》たしたとでもいったらいいだろうか。白昼だというのに、私は動けなくなってしまった。

そのあいだにもそのものは進んで来た。すぐそこに、私と反対の歩道をこちらへ向けて歩いて来る男がいたが、背後へ来る変なものにはまったく気がつかないらしかった。あと心に叫びたくていながら声にもできず、そのものはにゅるにゅるに進んだ。たしかに縄のようにくるくるにゅるにゅるとよじれているようだった。男はよろよろっとして立ちどまり、髪の毛がひどくばらばらになり、ずぼんが皺になってからだへ貼りついた。私は石になって立っていた。いきなり、ぐいっとこたえて、顔といわず手といわず砂だか何だか痛いものが吹きつけ、腰から下の着物がばさばさきゅっと煽《あお》られたのか締めあげられたのか、脛《すね》に摩擦するような感覚があった。それはほんの一時《いっとき》のことで、すぐ私はふりむいた。トラックが走って行くと、そのものは人間がするように腰をくねらして道の向う側へトラックをよけた。家並十軒ほどの向う側に八百屋があったが、その陽除《ひよけ》にたてかけた葭簾《よしず》が二三度ばさばさとゆすぶられて、そのままずらずらっと横倒しにされ、大きな音がした。なかから八百屋のおじいさんが飛びだして来て、ばかづらでぼんやり往来を見まわしている。そのものは少しさきの交通信号標のある十字路のところで、にょろにょろよろめき、あたりの紙屑ごみ屑を大渦に巻いておいて、急にするすると空へ消えてしまった。

そこでやっと、それが竜巻のごく小さい、孫ひこやしゃご位のものだろうと気がついてほっとしたのだが、それまで私は正直にいって、痴呆にちかい恐れかたで固くなっていた。足もとの麦はいたずらっ子が引っ掻きまわしたように乱れ、幾分かは池のなかへこぼれたらしく、筵からはみ出していた。池の曲りかどにある道祖神のうしろの篠竹《ささたけ》も、新芽を揃えて将棋倒しに寝かされていた。

もう道はちっとも快いものではなくなった。なにしろ早くこのことを誰かに報告したかった。せかせかと目的の家へ行って、ひとくさりその話をし、又せかせかと帰って来た。その私の通ったあと三十分して私の娘が、これは自分用の出さきから、やはり池の奥の家へ別の用向きで立寄って帰って来た。そこで聞いて来たらしく、「かあさま、竜巻にあったんですってね。私も見たかったわ。」

笑いながら、「竜巻のせいかどうか知らないけれど、私が通った時ひょっと見ると、あそこの道祖神のうしろの藪《やぶ》のところに真新しい千円札が、ばらばらと三枚落ちていたのよ」という。「よっぽど拾って届けようと思ったけど、さきを急いでいたし、それにもしかすると道祖神へあげたのかもしれないから、それなら触《さわ》らないほうがいいだろうと思ったし、それよりもね、そんなことをちょっと考えているうちにいちばんきつく思ったのが変な大時代なことなのよ、学校で習った十八史略[2]なのよ。道に遺《い》をひろわずってあれなの。漢文ていうもの、そんなときにふしぎな強い語調あるわね。」

道に遺をひろわず！　へーえ、と竜巻のやしゃごの孫くらいなものに驚いてこちんこちんになる私は、あらためて娘のタイトスカートの姿を眺める。十八史略か！　と思うのである。

記憶というものには、事がらに附随して季節や人の話声や顔つき、色、味、触感、重量、いろんなものが残っているのだが、女はよく着物の柄など覚えていることが多い。私もあのときあの着物を着ていたという覚えがたくさんあるのに、めずらしくこの記憶にそれが欠けている。脛に着物がきゅっと纏《まと》いついた触感があるのに、その着物を覚えていないのである。それだのに、ばかなことに、竜巻の輪郭のあの薄茶いろはきっと巻きあげられた砂埃とごみの色なのだと、あて推量などをしているのである。

（一九五五年　五十歳）

註

1 ［五町］一町は約一〇九メートル強。

2 ［十八史略］中国の太古から宋末までを簡略にまとめた歴史書。

火のいろ

一年四季はそれぞれに季の気をもっているものだが、夏はなんといっても旺《さか》んな気を孕《はら》む季節である。それも七月なかばといえば最も旺んな夏の気の漲《みなぎ》りわたっているときである。そういうときにお盆の行事がおこなわれる。

古くから遺《や》ってきた行事というものは、そのことがらの性質と自然の季節とをまことにうまく結んで成りたっているのがわかる。たとえば奈良のお水取にしても、凍てつく二月であってこそあの趣を生じるのだし、雛遊びや端午も三月五月というからいいようなものの、汗を流して官女五人囃《ばや》しはいじる気にもならなかろうし、鯉のぼりも落葉の空にしなびているのではさっぱり意気があがるまいとおもわれる。心を沈めて亡き人をしのび、想いをひそめて亡き魂《たま》に供養するお盆の行事が、もの皆の旺んな夏に行われるのはふさわしい。もしこれが爛漫の春、蕭条《しょうじょう》[1]の秋、沈黙の冬におこなわれるのだったら、これほど心にしみるものにはならないだろう。

お盆は前日の草市からはじまる。青い真菰《まこも》、白い苧殻《おがら》、色鮮やかな切花のかずかず、野菜果実のいろいろを売る市が立つのだが、並んだ店々からは暑さに蒸されて花のいきれが匂う。祭壇の荘厳はめいめいのうちのしきたりで飾って、さてさっぱりと浴衣にでも着かえる。木綿のさばさばした肌ざわりのこころよさ。晩には苧殻を焚いて仏さまを迎える。これはお盆が果てて送るときも同じだが、同じ焚く火でも迎えると送るとでは火の色がちがう。そこに人情の流れがはっきりとうつっているのだった。十三日に焚く火は早く迎えたいために、夏の日永の暮れきるのが待ち遠しくて、打ち水をした玄関さきの苔の青さも浴衣の袖の藍もはっきりとまだ明るいうちに焚く火である。火は淡く燃える。それが、十六日の送る火は、送り惜しみ、送りしぶって、まっ暗になって焚く火である。ある年、私も遅く火を焚いたあと、なにかそのままうちにはいる気もなくて、懇意なうちに大ぶ時が深《ふ》けて帰る道すがら、そこだけ闇の軒を浮かせてちらちらと、母親と若い娘と二人だけでそんな遅い火を焚いているのを見た記憶がある。送る火はあかあかと、重く短い焔に燃えて、それでお盆が終る。

終戦から、とにもかくにも九年になる。ほとんどひきこもっている私だが、去年、戦後の草市風景が見たくなって、下町へ出かけた。市とはいいえない二三軒がともしい花に疵だらけな梨や青葡萄を添えて並べていた。露店や臨時の屋台は、その筋の指定の場処によるのだから、多分私が知らないのだろうとおもいつつ、今度は電車通りをずっと続く仏壇仏具屋さんを見て歩いた。見切品に赤札のさがったのも珍しかったが、何十万円という仏壇にも眼を見張った。
「こういうの、どういうところへ売れますか?」「東京人は買いません。」主人はふっと私のほうを眺め、「まあ、東京人は買わないようですな」と、ことばをやわらげた。

（一九五四年　四十九歳）

註

1 ［蕭条］ものさびしい。

水辺行事

燈籠流し

燈籠《とうろう》流しを見たのは十三四だったろうか。夜の河はなんとなく怪しげで、向う河岸の今戸《いまど》ははるかに遠かった。ちょっと見には水と闇とは別ちがたく一帯に暗く、しかしよく見ると河心《かしん》[1]のあたりにはありとしもなく光が漂っている。やがて親船から、都鳥と花の形のと、燈籠が流されはじめた。鳥は白く花は紅く、次々と水におろされると、すでにあわれ深い灯であった。たゆたいつつ、ゆらぎつつ、又つつと走り出つつ、不規則な一列に闇を浮いて行った。思いのほかに水の脈は早く、風の筋はきついらしく、行くさき頼りなげなあやうさに、人々はみな誘われて、灯について土手を走った。私は遠走りをゆるされていなかったから、そこにとまって見送った。

もう先頭はずっと下《くだ》っていて、鳥か花か、見え隠れに流れ去って行く残り惜しさ。ふっと、一つ消え、二つ消えた。情《じょう》の凝るような闇のひろがる傷ましさ。ほんとに軽く、ふっと消えた灯ではあったが、不思議な。こんなに私の眼の裏にのこった灯である。

きゅうり

初生《はつなり》のきゅうりは、とっさきに枯れた花をつけて、すんなりと細く、青い肌に白い粉を噴《ふ》いている。それへ字を書こうという。河童《かっぱ》さまとして、その下へ小さく名と齢を書くのだが、いぼいぼがあってやりにくい。手の垢をつけまいと、葉っぱでそっと包み、その葉っぱをさえ二本指でつまむ気の配りかたで、河へ行く。「河童さん河童さん、きゅうり上げよ」とどなっておいて、できるだけ遠くへ投げる。夕やけの河はさざなみが滅法きらきらと光って、きゅうりはじきに見えなくなる。私は大急ぎで、はるか川下の出洲の桟橋へ駈けだして行く。しばらく待ってきゅうりが流れて来なければ、捧げものは御嘉納《ごかのう》[2]になって、その夏中、尻子玉[3]をぬかれる心配はないはずである。

河童の存在も信じるような信じないような、きゅうりも流れたのか護岸にひっかかったのか、すべて夢のように淡々と、こんなことをして育つ児はもういないだろうけれど、桟橋の下の水はきっと今も、たふったふっとなってるだろう。

（一九五一年　四十六歳）

註

1　〔河心〕河幅のまん中。

2　〔御嘉納〕喜んで受け取る。

3　〔尻子玉〕昔、お尻の中にあるとされた玉。河童にこれを抜かれると腑抜けになると言い伝えられた。

緑蔭小話

尋ねた先はあいにくの留守だった。がっかりしたというほどではないにしても、なんだかつまらなくなって、いま来た道をすぐ取ってかえす気にもなれず、これまで何度もここへ来てはいてもついぞ一度もさきへ行ったことのないその大通りを、あてもなくぶらりぶらりと歩いて行った。

お寺ばかりの多い寂《しず》かな町だった。申しあわせをしたように、どこにも南瓜《かぼちゃ》が不行儀に這いまわっている。庫裡《くり》には勿論、本堂の庭にまでその蔓《つる》が幅を利かせ、ひなびた葉のかげにはこれもまた必ずといっていいほどに子供たちの姿が見られた。気がつけばそういう寺の門柱には、いくつもの名札や名刺がぺたぺたと並べて貼ってある。寺のみならず普通のしもたやにだって、二枚の標札をかけならべた家が多い。あのとき以来、焼けのこった家を見ると、住みなれたたたずまいを事新しく美しいように思いこんでいたのだが、今からしてゆっくりと改めて見入れば、焼けのこった家並《やなみ》も所詮は戦争のしみの一つとしか思えない。いかにも垢やつれに窶《やつ》れて、なかに住む人々のやっと辛苦に堪えている生活が浸《し》みだしている。いつになったらこれが、いつになったら自分も、……自然そうした考えに落ちて行くのも、戦争のしみか。

が、さすがに樹はいい。ことに夏の樹はいい。気がねなく青い手を伸ばして、のうのうと立っているすがたには嬉しさが溢れていて、見ているといつの間にかこちらの鬱屈も散じている。しばらく行くと道は曲る。もとはバスが通っていたという舗装の通りは、ゆるい傾斜で下《くだ》り坂になっていい、そのさきはまた同じような傾斜で上りになっている。谷底というべき低いどんづまりが境《さかい》で、向うの丘には焼け肌に新しいバラックがぱらぱらしている。行くてに焼け地が見えては、散歩もそれまでである。横町に折れる。

まずは中の下という位な家がつづいて、ここにも南瓜の葉である。あきらかに玄関や茶の間とおぼしい処を潰して、しろうとの小商売がともしく、鼻紙・飴・安下駄を並べていたり、＊＊式電気治療の看板もはさまる中に、煙草屋の売口だけが取りまわしのよさに古さを見せている。煙草屋の窓と隣《とな》った格子の玄関には、御仕立物裁縫教授としてある。ははあ女世帯か、と標札を見あげて過ぎるそこが、またもう一つ横に切れる曲り角である。見通す一町ばかりのつきあたりには、草だか灌木だか、青い茂みを押しつけて夏の陽が踊っている。そのきらきらする向うには何があるのか、風っこ一つない空が高かった。

焼けたにしても変な焼けかたをしたもんだという気がしたし、そこまで行く一町ほどの路地に気をひかれた。古い板塀にさし出た矢竹の葉や、窓下にまるく茂ったどうだんが、いま来た横町とは違って、なにかおちついた気分を漂わせている。何のなりわいの家々なのか、どこの家にも子というものがいないのか、ひっそりと音もない。車馬が通らない安全な小路《こみち》に、自分よりほかの影はなかった。つきあたりはごんごんごま[1]やら零余子《むかご》やらがびっしり纏《まと》いついている鉄網《かなあみ》じきりであった。路ははびこった雑草にとじられつつ細く曲っている。青い葉の隙間から中を覗くと、視野のかぎりには夏草がただ蓬々《ほうほう》と茂って、なにやら細かい白い花をつけているのもある。焼けあととも思えない。

よく見れば鉄網に沿って路は絶えだえながら、それと辿られる。もう少しさきの草のたけの低くなった処まで行って、なかを見たい心に誘われると、粋狂な！　ステッキで草を掻きのけ蛇の用心をしながら、構えのなかを見はらせそうな草の崩れまで行った。と、意外に草原の奥には、しっかりした二階家が陽を浴びて建っていた。へええ、うちがあったのか、——いってみれば落語を聴いていてみごとに落ちをつけられた、あんな気もちだった。そうだったのか、——何心なくひきかえす二た足三足。おや、おかしいな、たしか二階も階下《した》も雨戸があいていなかったようだ、そういえば人が住んでいるにしては、いくら何でもこのあんまりな草、……空屋《あきや》か。待てよ、留守なのかもしれない、いや留守なら留守でいい、見るだけは見て来よう、誰か帰って来でもしたら詫《わび》をいうまでだ。

もし空屋だったらと、一時に自分の焼けだされの、仮住みのつらさが思いだされて、まるで幸運な拾い物でもしたように浮きうきしだして、一本槍な気負いかたで崩れた垣からはいって行った。家のまわりは草もあまり生えていず、乾いた土肌が埃っぽかった。表に比して裏手は割合に低く、通り歩きの一間《いっけん》ほどを残してさきは、いきなりずどんと七八尺の崖に落ちていた。崖下は、これはあきらかに焼けあとで、錆《さ》びた鉄物《かなもの》や瓦の累々たる風景が、一様に照りつける陽の下にしんとしている。風呂場の焚口《たきぐち》から物干へあがる梯子《はしご》が朽ちて、歯が抜けたようだ。物干には竿が二本、一本は受《うけ》から斜に外れて鋭角をつくっている。いつからそうなっているのか、これは果して空屋であった。

玄関脇の雨戸が三寸ほど引きのこしてある。すっと繰ると明るく浮いた廊下には、最近誰かはいったらしく、下駄の痕《あと》が埃を乱していた。茶の間・台処・客間、心は走ってもう住む段取に漕ぎつけでもしたように、襖はこれで我慢するとしてもどうでも畳は取りかえなくては。おい、——細君に話しかけたいような気に駆られたのもおかしく、階段は一段・二段と数えて十二段、変なことをのちのちまで憶えているものである。あがった処は畳一枚を踊り場にして、片側に八畳、踊り場の奥は三畳の小間《こま》、吾嬬障子《あづましょうじ》[2]の磨りガラスはおぼろに明るく透いて、さっき下から見あげた斜に落ちた竹竿が三角に障子をしきって写っている。八畳の雨戸を一枚繰って、目の下に見る植込の、あそこをああしきって表庭を見よくする、玄関つきはこうしてと、心組《こころぐみ》ははてしない。ふりむいて床《とこ》のようすを見れば、机はここへ、手まわりの本箱はそこへ、……ひとり楽しく、――三畳は書物の置き場にするか、押入をぬいて全部本棚にしたら便利だけれど、本の重さにはちょっと危険かな。いつの間に来たのか、ガラス障子の向う側に洗濯物を干している女中の白い割烹着が、かがんだり伸びたり、斜に落ちている竿を拾いあげて、それに物をかけ拡げている。洗濯物と割烹着の白は、風にはたはたするたんびに強い光線に反射して、斑《ふ》のような影をガラスに浮かす。みんなよく働いている、――家長としての満足感に、犒《ねぎら》いのことばをかけてやりたく、がらりと明けたそこには、崖下の焼けた風景がかっと明るいばかり。遠い蟬の声か、それともすぐその辺の物蔭に地虫でもいて鳴いているのか、それとも自分の耳鳴りででもあるのか、じーんと鼓膜の微動が伝わって来る。そよっと涼しい風が額を擦《す》って行く。空屋かどうか近処で訊いてみよう、――はいって来た通りに玄関脇から外へ出ると、ふたたび蛇の用心をしいしい、草原を分ける。

「いかがでした?」

痩せすがれたばあさんが一人、とっぱずれの家の入口に立って見つめている。「いかがでした？」

「え？」

じろっと見つめられた。

「じゃあ、……なんにも？」

途端にぎょっと寒気《さむけ》が来て、一切があきらかであった。空屋の、ガラス戸越しの、あの人の影。

（一九四九年　四十四歳）

註

1　［ごんごんごま］やぶがらしの別名。多年草で、まきひげで植木にからみつく。

2　［吾嬬障子］紙の部分にガラスをはめた障子。

風

今夜は地虫のようなものが鳴いている夜だ。耳のせいなのかと思ったが、うちのものもか細いものがか細い声でたしかに鳴いているという。さっきからここに腰かけて、軒に吊った岐阜提灯を眺めているのだが、提灯には当節のことだから小さい電球が入れてあって、水色の地へ画《か》いた秋草がうっすりと浮いている。ときどき左右に揺れる。なかの電球は別の紐で吊ってあるから、さほどは動かないが、やはり提灯といっしょに揺れる。提灯が揺れると、水色がすうっと片側に流れて行ってそちらが濃くなる。揺れかえすと今度は片側へつうっと濃く移って行く。だんだん見ていると、提灯のなかにほんとうに水のさしひきがあるようだ。片側から片側へ水色はするすると薄く流れて行き、濃く重なるのだが、それが電球のまえを通るとき、一瞬水色は透明で色がない。透明なものがさらさらと速く流れて重なって漂うと、青い深さが出る。なぜ透明なものが重なるのだろう。籐椅子のもたれにかけた腕の毛穴がふっと立つ。その生毛《うぶげ》のうえを、「わたるよ」とことわる調子で風がゆっくりとわたって行く。じわっと汗。汗のうえをまた緩《ゆる》く吹く。もう一度吹いて来るなと思っていると、風はそれなりに姿を消した。先生のこと、父のこと、限りもなく続く想い出だけれど、しょせん提灯のなかの水のようなもので、書こうとすれば透明だ。

晩年、父は風を好まなくなっていた。風そのものが嫌いになったというのではなく、空気の動くのがいやになったという方が、――皮膚をわたる風の触感がいやになったという方が適当かもしれない。それが初夏のすがすがしい風、初袷《あわせ》[1]のさわやかな風さえもいやがって、しまいには春夏のすず風ももう沢山だといった。かんかん照りの日中、自分の部屋は障子を締めきって、わずかに一尺[2]ぐらいを換気に明けておくだけ。温気の缶詰みたいになった部屋のなかで、ごく静かに本を読んでいた。親しい人はそこへ通すことになっていたが、いったい人の家を訪ねて部屋へ通されると、一時にじくじくと汗の湧くものだが、それがこういう蒸風呂のような部屋なので、客はみんな気の毒なくらい汗を掻かせられた。斎藤先生[3]も何度かそういう目にあった一人だ。先生は白いたちのかたで、何かがすぐ色になって顔に出る。そういうとき、たいていは冬でもおつむにふつふつと汗を噴《ふ》くのだが、父の夏の書斎ではすっかり閉口なすったと見えて、「ハンケチでは間にあいませんから、きょうはガーゼの手拭を持ってまいりました」と、それでやたらと頭も顔もこすられた。さすがに父も困って、そこいらを明けるように指図した。すると先生があわてて、「いやいや、しばらくおちつきますとよろしいのでして。私は汗掻《か》きなもので」と、起《た》って障子を明けようとする私をおとめになったことがあった。

その先生が、晩年やはり父のとおりになっていた。お見舞にうかがったとき、お部屋のまえの雨戸はわずかに手がはいるくらいなあいだをすかせて締めこんであり、薄暗く蒸暑いなかに横になっていらした。私はなんとなくある怖れを想いあてていた。なんとない怖れというものは、その場かぎりでは消えないもののようである。それ以後、先生の御病気はいかがかと案じるたびに、なにかだんだん寂しくて、かえってお見舞を怠った。知り人が「きのう斎藤先生のお宅へうかがって来まして」などというと、どきっとしながらに、「御機嫌いかがでした」と構える気もちになることがしばしばだった。お最後のときは知人から電話で、「先生がおなくなりになった」と一気な一と言で伝えられた。どきっとして、そしてそれなり構えられなかった。いまでもどきっと構える気もちが残っていて、どうかすると何の脈絡もなく不意にそれがもちあがって来るのは寂しい。私は若いときから父の死ぬということに圧迫されていた。順ならばやがて迎えなくてはならないはずの父の死なのだが、それをおもうと圧迫があった。自然に或る構えかたができていたが、肝腎なときになったらそんな構えは支離滅裂だった。なかばは眼のさきのこと、たとえば米のこと薬のこと天候のこと、ことには父のからだのなかの病気そのものなど、まったくわけのわからないいらだちかたをし、なかばはうつけのようにただ茫然としていた。しかし、父のほうは「おれは死んじゃうよ」といって、ちゃんと死んでしまって、私は完全に死に蹴散らされ、死に着席されてしまったかたちだった。斎藤先生には、すぽっと逝かれてしまったという感じだ。

雨は――わかる。雪もわかる。霧も雲もわかっている。風は――わかっているという。どこで、どうして、風が吹き起るのか、わかっているという。けれども私は、風というものは雨や雪とはちがうとおもう。どこか得体の知れないものだという感じがしてならない。風はなにかを含んでいる。そして無遠慮にさわって行くのが気味がわるい。神秘的だなぞというたちの気味わるさではなく、はっきりわかりそうなこわさのようだ。父は全身の高熱・浮腫に苦しんで臥ていたとき、醒めているような調子で、病室の床の間の隅にぼんやり物が見えるといった。訊くと、「おれのようなしごとをしているものなら、ものが見えたってそんなに不思議というにはあたらないし、又しばしばあることだ」と答えた。先生は私がお訪ねしたある時、やはり熱があって臥ていらしたが、「このごろは露伴先生がすぐそこに、――いまあなたのすわっているちょうどその辺に立っていらっしゃるのが見えます。それだのにそれがたいそう遠い感じなので、そのために非常にお話をするのにくたびれて困ります。睡《ねむ》くなってまだ睡りきらないうちにきまって先生が見えるので、嬉しかったりくたびれたり両方です」とおっしゃった。私にはなんのことかわからない。

提灯のなかの水のようにもわからない。風のように、なにかわかりそうな怖ろしさもある。

（一九五三年　四十九歳）

註

1　［初袷］綿入れから六月の単《ひとえ》になる前に、五月に着る袷。裏布はあるが綿は入れないきもの。

2　［一尺］約三〇・三センチメートル。

3　［斎藤先生］歌人、斎藤茂吉のこと。

夏おわる

木の葉にやつれが見えはじめた。浴衣の肩も色があせた。扇風器の羽根にはよごれがたまっているし、ガラスのものより瀬戸物のはだのほうがよくなった。夏がおわる。夜はしずかだ。

なんということなくおばけを思う。この夏はどんなおばけが幅を利かしていたろう、とふり返るのである。おばけだってもう季節が終るのだ。おしまいになるときはやはり惜しむ気が起きる。それだからふり返るのだが、ふり返ったとたんぎょっとするのがいれば、それが最高のおばけというわけだ。怠慢と鈍感のせいで、今年どういうのが幅を利かしていたか、記憶にないが、とにかく秋灯のもとに別れを惜しんでおばけを送るのである。もっとも私の見送りを受ける前に、気の利いたおばけはさっさと引込んでいるだろうけれど。

一つ目やろくろ首は有名である。ぼたん灯ろうのおつゆのおばけも名高い。みんな年季の入ったおばけで、高級おばけだとおもう。でも私は「垢《あか》なめ」というあまり有名でないのを一位においている。三十八九歳のとき見た絵だが、一見して凄いというおばけではない。むしろ滑稽だ。顔の部分が一枚のまっ黒な舌で、たしか裸にふんどしのような布をまとい、台所だかふろ場だかそんなようなところを窺《うかが》っている絵だった。垢をこのんでなめるから「垢なめ」という、と書いてあった。

絵を見たときは笑ったくせに、奇妙にあとが忘れられなかった。垢をなめる実感など誰だってないはずだ。むろん私にもない。だが、へんに実感的なせまりかたがある。私はこのおばけになめられたらしくて、度々思い出してはいやな気がするのだが、強いおばけだと感心する。季節のないところなどいかにも執念ぶかくてこわい。こんなに夏も衰えたが、色あせた浴衣の袖口など、あの黒い舌にべろんとやられそうだと思うと悲鳴をあげたくなる。私にはやはり今夏も「垢なめ」が一位であり、なんだか大切なおばけといった気もする。

（一九五九年　五十四歳）

二百十日

八月の末から九月のはじめへかけては、むずかしい季節だ。暦ではすでに秋だが、まだ秋の清涼はなくて、さんざ曝《さら》しものになった夏がだらだらしているという感じである。だれでも季節の頭をさぐることはするが、季節のしっぽはうやむやにしている。

夏はすっきりしているというが、おしまいが未練たらしい。秋は尾花女郎花《おみなえし》こおろぎのか細さからはじまるのだから、当然はじめのけはいは極《ごく》かすかである。それで自然の神様もそこの間の季節をどう引きしめようと考えて、二百十日二百二十日のあらしを置いたのだろうか。うまくできてるとは思うけれども、でもこのところ毎年神様はちとやり過ぎのようである。ことしの二百十日は九月一日にあたっている。

私は九月一日の生れだ。あらしの最中に生れたのだと再々いいきかされたもので、子どものときから二百十日へは複雑な感情が続けられている。爽快だという感じも否みがたくあるし、あんまり災害がひどいときはてれくさいような恐縮と、跡味のわるいさみしさもある。私は向嶋に育った。向嶋は桜で都鳥で玉の井だけれど、そこに以前住んだことのあるものはそれらと同じくらい印象の深いのが、夏の蚊と秋の洪水だった。荒川の放水路が完成するまではきまって二百十日には出水《でみず》の心配をさせられたのである。多少ゆとりのある家では避難用の舟を備えていたし、さほどでなくても用心のいい家では早速《さそく》の筏《いかだ》がわりになる何枚かの板きれ、丸太、五寸釘、麻縄の類が備えてあった。戸板はまさかのときに役だつなどはちいさい子でも常識だった。私ほどな齢のものならみんなあの緊張感——風と雨と半鐘《はんしょう》と、無事に済むか土手が切れるか、刻々にふえるあの恐れ——を経験しないものはなかったはずだ。そしてそれがとうとう水になってしまうと、あとはそこいらじゅう不潔と貧乏と病気がいっぱいになる。毎年これだから、農家が多かったせいもあるが、この季節が近づくと天気の話には皆がいやに神経質だった。

　子どもというものはしょうがないことばかりしたがるもので、二百十日ごっこをする。一人が着物を高々とまくって洪水を渉《わた》って行くつもりをすれば、ほかのものはひゅうひゅうじゃあじゃあと雨風の効果を受持つ。柿の木へ炭俵をひっかけてその下へ目白押しにはいるのは、避難焚出《たきだ》しのまねである。親たちに見つかると、「縁起でもないがきだ、ろくでもないことばっかする」とおこられるが、おこられるといっそ調子づく。物置のかげなどで、こっそり張板を持ちだして洪水ごっこするのは、随分とおもしろかった。水の出た年はこの遊びがさかんで、私もおこられながらこのメンバーから外《はず》れられなかったおぼえがある。土地がらのさせる季節的な惨澹《さんたん》たる遊びである。もっともやっているほうは惨澹たるものだなどと思っていやしない、活気のある遊びだと思っているのだが、そこがいずれを見ても山家育ち、平凡児ばかりの集りである。水貰いのまねなどもした。地水《じみず》があがったという程度のことでも下水や厠《かわや》はひらいてしまうのだから、井戸にたよっている飲料水は飲めなくなる。水にとりまかれていながら飲む水のない辛さを子どもは見のがさないのである。

水にしろあらしにしろ、子どものときには、その最中のことをどうして記憶していないのだろう。記憶にのこっているのはすべて事の後《のち》のことであるのはおかしい。両親の喧嘩などだと最中のことを仔細におぼえているが、それよりもっと本能的な恐怖をもつはずの天然現象には鈍感らしく、いるべき家人がみんなうちにいて、天井があって雨を防ぎ、戸があって風をさえぎれば、外がどんなに荒れていようと子どもには関係が少いのだろう。あらしは子どもの感じ得る小さい恐怖の範囲外の大きさなのであって、どんなふうに暴風雨で、どんなふうにこわかったということは感じない。そのかわり、その翌日、どこそこのあんな太い桐の木があんなふうにぶっ倒れた、どこのうちの屋根がどんなふうになくなっちゃったとかいう光景は鮮やかなのである。風の吹くは育つまい。

恐ろしさをおとな並《なみ》の感じかたで感じ、したがってそれが跡々《あとあと》までのこるとすれば、こんな子は将来あるいは剃刀《かみそり》的秀才にできあがるかもしれないが、到底のびのびと大きい人間には育つまい。山家育ちにはゆったりした特性がある。

も少し大きくなれば、さすがに洪水ごっこなどはしなくなって、あらしの前駆症状に興味をもってくる。誰でも知っているいいつたえや身近に観察のできることから承知するのだが、たとえば石垣に棲んでいる弁慶蟹だ。あれが穴を棄てて、人間を恐れつつもあえて玄関などへちょろちょろと出て来て、それも一つではない、追わずにおけば廊下へまでがさごそ侵入するようになると、あらしが近いという。蟻の宿替《やどがえ》もそう、しじみ蝶が一度に沢山死んでいればそれもそう、鮒《ふな》が群れて池のへりをおちつきなくぐるぐるまわりだすときもそうだという。蟹や鮒ではまだまだあらしまでに時間がある。お椀が汗をかいているとじきだともいう。そんな夕がた、もう大ぶ遅くなってから雀《すずめ》が一羽、ひょいと庭さきすぐのところに下りてきょときょとぐずぐずしていると、やがてその晩から暴《あ》れになる——と、これは父に教えられた。「雀に何かやっとけ。」何か撒いてやると、どこで見ていたのか、とたんに五羽も六羽もが身を細く落ちて来て、夢中であさって帰る。

あらしの雀のひもじさを思いやって、わざわざ餌を撒かせる人だのに、その同じ人がさかなへ対しては、それも特別に鱸《すずき》というさかなに対しては、一向平気であわれなことをやってのけるから変である。父が暴風を計算に入れて釣に出かけるのは、当時の私にはかわいそうだという気もちがあった。さかなは暴れまえに食いだめをしておいて安全な場処へ待避し、河水が気に入るように澄むのを待って出て来る。だから暴れの最中とあとは釣れなくて、そのまえは釣れる。相当鉤《はり》の危険を経験しているはずの大魚でも、がめって食おうとするのでつい、かかってしまう。それでも大魚は利口で、やすやすとは釣れない。そこが釣のおもしろさで父も出かけたくなる。みずから漁師《りょうし》だといっているくらい川の鱸釣りが好きなのだからしようがないけれど、雀には単純に餌を飼ってやるし、鱸は覘《ねら》って釣ってしまう。

そんな釣はこまかく時間の予定を立てて行くようすだった。あらしの来る時間の予測と家から釣場まで、釣ってるあいだとうるさいのだ。いくら漁師だといっても結局は遊びで、どんなにいい漁があってもあらしにずぶ濡れのみじめな姿で帰って来るのは嫌いらしい。濡れて帰るときはすなわち天気の計算ができなかったときであり、天気の計算を誤まったというのでは漁師の誇りはかたなしだ。それではかねがね私たちに風や雨の講釈をする手前、都合がわるい。

「風の時間も雨の時間もおよそ六の倍数で考えればいい。六時間たってもやまなければ十二時間は続く、その上は十八時間、二十四時間というものだ」とか、「風は吹きはじめから吹き終りまでのべたらいい、たら同じ方向へ吹いちゃいない。はじめにもし玄関の戸へ当てて吹きだしたら、茶の間、奥というように順々に吹きまわして、ぐるりと一とまわりすればおしまいになる。だから半分まわって六時間かかれば、あと半分は六時間で収まるとほぼ見当がつく」などといってきかせているのだから、釣の天気が計算通りに行かないのはちょっとまずい。それに濡れて帰る鱸釣りなんか、やぼの骨頂というふうに考えているのだろう。

釣の天気はともかく、洪水の土地がらだけに、あらしの雨は覚えておけという。ざあっと音を立てて渡ってきて、すうっと地降《じぶり》に収まり、又ざあっと来てはすっと収まる降りかたを、段降りとか運び雨とかいって、これが暴れ模様の降りかた、そのうち、ざあっという間《ま》のほうが長くなってくると、座敷のなかいっぱい雨の音だけのように感じる。そのとき気をつけると、うわんうわんという反響音に似た音を聴くかもしれない、そうしたら雨量は大きい、という。なるほどそんな音を私も聴いたことはある。も一つ変なことをいう。あらしの空には薄赤い盆が見えるというのである。私が見たのはひどい吹き降りのときで、さっさっと吹き流れる重い雲の奥にオレンジとも洗い朱ともつかない薄赤い円形があった。夜でも見えるのだから太陽ではないが、禍々《まがまが》しい色だった。頭のうえに赤いお盆があって、うわんうわんと雨が降ると、申し分のないあらしだ。

そういうときは日が暮れても勝手口の錠はおろさない。植木屋、船頭、消防が見舞と報告に来るからだ。簑笠の植木屋は家のまわりに応急処置をし、役場の暴風手配を報告する。船頭の周さんは赤銅色の顔に鼻が高くて、あらしの中ではりっぱである。濃い眉と狭い額をいっしょに顰《ひそ》めて船頭声でものをいうのは、せいの高さにつりあってはなはだ凜々しい。あらしで男前になる人間があるものだ。

「けさの潮《しお》からこっち、川の人相がおもしろくねえ。それに赤えお盆が出てやすぜ。」びしょ濡れだから立ったままで話す。こちらは何はともあれ煙草をもてなす。どこのうちにも客用の煙管があって、それに白梅とか水府とかいい葉を添えて出す。「上《かみ》はきっときのうおとといに、それも大降りでやしょう。あっしはそう睨《にら》むんだ。川はひどく脹れっ面《つら》でさあ。ことによると暴《あば》れるかもしれねえ。」天気予報なんて今のようなものではない、まだまだ九州は遠い果てで、報道にひまのかかった時代だ。隅田川の上《かみ》はいつどれだけの雨だやら風だやら、はるか川下の言問《こととい》附近で現在流れている川の水を見たうえでやっと成りたたせる周さんのかんであり父の予想であってみれば、すべての貧弱な基礎のうえに立つ観測なのだが、それでも私にはそんな会話がたいそう知識的に思え、信頼感があった。

土手の切れそうな場処はきまっていた。水の突きあたるところ、底にねじれのあるところは毎年同じで、山谷がわはいつも安全で、向嶋がわだけがいけない。周さんと父は、その危険場処へ役場がどんな臨時処置を講じているか、護岸工事がどうのこうのと論じる。周さんはいざとの場合の舟を約束して帰るが、いよいよもう水になりそうだとなると最後に見舞って来るのが井戸屋の親方で、水口をとめてしまう。半鐘は一つ二つは警戒、三つは逃げだし、摺《す》りばん[1]は決潰《けっかい》である。異常な緊迫を押しつける音なので、二つばんでも私はがたがたと不安になる。

　十四の女学生だった。毎日びしょびしょした挙句の暴れ気味だったが、欠席がいやで二百十日を承知で学校へ行った。果して午後は休みになった。糀《こうじ》町から浅草までは電車だが、あとは一銭蒸気で言問へ渡るか、さもなければ吾妻橋から土手を歩くかしなければ家へは帰れない。蒸気は休航だった。水がかぶっているので桟橋は鎖で繋いである騒ぎだ。橋のほうには巡査が出ていて、荷馬車人力車をとめたり、通行人にも制限をつけて、「駈けるな、とまるな」と世話を焼いている。ものものしい。朝行くときも川は高く張っていたが、いま見ればそれがまた一気にぐんと迫《せ》りあがって、橋桁《はしげた》のすぐ下に水がわめき下っている。実際にはさほどではなかったかもしれないが、私は完全に呑まれてしまったので、いまにも橋桁へ水が躍りあがりそうな感じで受取った。巡査が、「向うへ渡るまでこの人にくっついて行け」と、行きずりの人を指さした。それから商家の檐下《のきした》へはいって袴《はかま》を取る、襷《たすき》をかけて袖を絞る、下駄を脱いで足袋はだしだ、傘は畳んで弁当風呂敷で頭を裹《つつ》んだ。欄干寄りの人道を避《よ》けて、まんなかの馬力道を行くのだが、橋際を少し離れたら凄い風が煽《あお》りつける。たちまち膝がめくれ、でもそれをかまっちゃいられない。こわいもの見たさというのは弱い根性だ。見ずにはいられなくてちょいと横眼をつかったら、いつもの倍も川幅が拡がって、三角の波の頭があとからあとから乗っかかるように、食っては食われ、食っては食われの共食いだ。がくがくして非常に寒かった。ようやく渡りきったら、また巡査につかまった。「どこへ行く。」「うちへ帰ります。」「うちはどこだ。」「寺島村。」「そんなら土手下を行け。」それがばかに癪《しゃく》に障《さわ》った。向嶋は土手が本通りで、土手下は粋《いき》な場処である。かまわずに土手を行った。

巡査がそういうはずで、風の強い土手を行く人は一人もない。消防や夫役がばらばらと出ていて、砂利置場では砂利を俵やかますへつめる、それを手車へ積む、そのわきに土砂降りの地面へじかにすわって竹を削《そ》ぐ人、それをみごとな速さで蛇籠に編んで行く人、みんな顔色がない。刺《さし》子《こ》の頭《かしら》が頭へ鉢金《はちがね》[2]をつけて立っている。通行人は自分一人だとおもうと今更たよりない。からだを前のめりにして、ひたすら一と足ずつ歩く。やっと三囲《みめぐり》を過ぎ、桜餅の長命寺を過ぎる。そこで土手は暫時《ざんじ》川を離れるのだが、ほっとしてたいそう自分が勇ましかったとおもい得意でもある。なおまだしばらく行って大倉別荘の前で折れて、小さい坂を降りればわが家である。緊張のあとの発揚なのか、そのあらしだというのにその風体《ふうてい》だというのに、ちょっと道草をくう気になった。

小学校からの友だちが坂の降り口に住んでいる。土手から見ると、その家は雨にたたかれた蛾のように見える。雨戸を立てた縁さきをすでに地水がとりまいていた。当時でも、もうあまり沢山ない変った職業で、武者人形の鎧を縅《おど》[3]しているうちである。緋、黒、小桜、裾濃《すそご》[4]、兜は鍬形《くわがた》、三日月、鎧櫃《よろいびつ》も銀覆輪《ぎんぷくりん》[5]の上物《じょうもの》をつくる。ちょっと偏屈なおとうさんで、娘二人とやもめ暮しであった。さびしい家庭という観念がこちらにあるものだから、あらしに通りかかれば余計なつかしかった。護岸工事で年々土手は高くなるし、土手下の家は低くなるばかり、雨の浸み透った屋根を見すごして行けない感情があった。二つ三つ話しているあいだに、襖《ふすま》の向うでしゃっくりみたいな、ひくっひくっという声がしていたが、いきなり、がしゃん、がらがらどすんと来た。「おとうさん！」と友だちが飛んだ。こちらはぐしょ濡れであがれない。覗くと、壁にはゆかただか寝巻だか、古着屋みたいに着物がぶらさがっている。避難の用意か箪笥押入は明けっぱなしの大散らかりへ、おとうさんが海老のように丸くひっくり返って、ぴくぴくと顫《ふる》えていた。姉娘はるすで、友だち一人がその父親のうえへ馬乗りになって顫えをおさえつけ、呼び生けようとする。

縅しにつかう組紐の箱から花やかな五彩が散乱して、痩せた男の人が硬直した手足を顫わせているのは、なんといったらいいか。私はすっかりびっくりしてしまって、はじめてニコチン中毒の発作を見たのだった。あとで聞いたら、その箱は裁ち落しの短い紐ばかりを入れておく箱だったそうで、紫も緋もごっちゃな屑だったからこそあんなに眼にしみる綺麗さだったのかもしれない。もしその時、それへ摺りばんの半鐘でも鳴っていようものなら、そのままで向嶋という土地の舞台面になるが、そのときは洪水になった記憶はないのである。大抵こうしたあらしの翌日から空は高くなって、陽は秋の色にあらたまる。

九州のあらしは水と泥であったと聞く。偶然百貨店へ買物に行って、そこの壁で災害の報道写真を見ることができた。なかで四枚の写真が際だっていた。その一つは泥。見るとすぐ活潑にこちらの思いが動かされた。こういう泥はおそらく知ってる人が少かろう。想像の感覚で私はさぐる。踏むと足指のあいだからにゅっと甲へはみ出してくるぬるぬるの泥か、土ふまずへ吸いつく蛭《ひる》のような泥か、それともべたべたのなかに小石のつぶつぶを含む泥か、あるいは案外粘着性のない泥か。色だの臭いだの濁度だのはどうだろう。それにあの水だ。水といえば常識では物を容易に容れる柔軟な性質、譲ってひきさがる素直なものと思われているが、分量の多い速度のある水に突き当ってみればそんな観念は役に立たない。水は拒絶的な固さと痛さをもっている、つまり頑固な固体だ。それがあれだけの土砂を運搬した洪水の流れなのだから、さぞと思う。平生布に蔽《おお》われている習慣の胸や脇腹にこれがどんな固さで突き当ったか、想像の感覚にさえおびえが来る。

その二は泥でいのちを落した不幸なかたの写真だった。そういう写真があるのを全然予想していなくていきなりに見たのだが、正直にいって瞬間ただ眼がじっと見ていたというほかはない。いつぞや交通事故を通りすがりに見たことがあったが、そのときもそうだった。瞬間はただ見ていた。むろん続いてすぐ感情や考えが湧くのだが、そのただ見ている時間はあれは何だろう。茫然という形容でいうのだろうが、それならばその茫然とは何だろう。一種の仮死ではないかともう。死ぬことが不可避の決定なら、生きていることは絶対に死より弱い。是非をいうひまもなく分別のひまもない突然の状態で死の強さを示されると、生きているもの本来の弱さが無抵抗に暴露される。亡くなった人は別として、免れがたき死の強さが現在別条なく生きている第三者にまで波及して、そこに仮死の状態を生じさせるものではなかろうかと思うのだが、少くも私はその写真のまえで瞬間そうなったと信じる。

第三には、助かって泣いている少女。途方にくれてか、行くさきを案じてか、失ったちちははを慕ってか、ただ生理的に興奮してか、いずれにしてもこれは見るとすぐこちらも泣く気もちが素直にわかった。しかも、それでいながら私は誘われないでいた。

第四は笑っているおばあさんの大写し。その笑いは平和な豊年の刈入れ日のような笑顔である。倒潰《とうかい》した住いのかわりに鰯《いわし》雲の空、稲掛を背景にはめれば、これは畦《あぜ》にいる孫へふりかえった笑顔である。柔和で屈託なく素朴な笑いとしか考えられなくて、見ていたら眼のなかがぐしゃぐしゃして困った。泣いているのには平静でいられても、こういうふうに笑っていられてはたまらないのである。否応なく感じさせられてしまう。二百十日の馬鹿め！と。私は二百十日の生れで、なんとなくあらしや洪水がひとごとではないから、たとえ八月の終りから九月へかけてが夏ともつかず秋ともつかずあいまいな季節であっても、むしろそのほうがいい。はっきりしたあらしではっきりくぎられると、どうしていいかわからない気もちがする。

「五重塔」は露伴の代表作だという。それもことにあらしの部分がいいそうだ。なんだかそこにはむずかしいあらしが吹いているが、どういうものか以前から教科書へ載るのはそこにきまっている。小説の筋はあれでいいのだろうけれど、――いえ、よくも悪くもああできてしまっているのだが、いったい父というあの人はどんな眼で、どんな気もちであらしへ対《むか》いあっていたのだろうとおもうのである。そして、私のような子をあらしの日に産んでしまって、いったい私が一生二百十日をどう思えばいいというんだろう。

（一九五四年　五十歳）

註

1 〔摺りばん〕続けざまに半鐘を鳴らすこと。

2 〔鉢金〕かぶとの鉢。

3 〔縅す〕鎧の札《さね》を色糸や草の緒でつづること。

4 〔裾濃〕下を濃く上を淡く染める。

5 〔銀覆輪〕覆輪は刀や鞍などの器具の縁を金銀で覆う飾り。金覆輪もある。

地しばりの思い出

みつごの魂百まで、というけれど、子どものときに嫌な感じをうけたものは、いつまでたってもその嫌な印象が消えない。地《じ》しばり、という地を這《は》う雑草があるが、それが畑一面に密生していて、見ているとなんだか、目のはずれあちこちで、むくむく動いているのではないかという気がして、なんともいえず気味の悪い思いがした。もう六十年近い昔のことになるのだが、今もって折にふれて思い出すし、こうして〝自然について〟などといわれると真先に、あの畑の青いはびこりが、ぞわぞわと思い出される。

もっともこれは、子どもひとりの目が見たものなら、こうは強い印象にはならなかったろうと思う。父親と一緒だったのである。父の散歩についていった途中だったが、この畑に出会うと急に父は立止まり、こわい顔になって、おこりだした。機嫌の急変というか、突然の不快状態というか、とにかく親のそうした心の動きに、子はあてられやすい。私は大あてられになったので、そんな変な、びっしりした青がうごめく、というような錯覚を起こし、気味悪さを我慢したのだと思う。

地しばり、という名はそのとき教えられた。もちろん私は子どもだったから、父の不快の原因など察しがつくわけはなく、ただ地しばりがいけないのだ、としか思わなかった。

この記憶から父が没するまでに三十四五年の時間がある。父の死後、私は父についての雑文を書くような成りゆきになり、そこで改めてあれこれ思い合わせたり、思い当ることがあったわけだが、ふと目のさめる思いで合点したのは、父の自然へ対するむかいかた、といったものだった。むろんこれは日々のくらしの中で、私が心に拾っておいたことどもなのだが、並べて揃えてみるとよくわかった。

自然の花鳥風雨のおもしろさ楽しさ、こういうことについては、〝教える〟というのではなかった。自分が楽しく、そしてこちらにも楽しさをお裾分けしているといった様子で、もの柔らかな口調だった。だが、自然のこわさをいうときには、調子が強くなり、〝教える〟語勢となる。また、自然をおさえ込もうといったことになると――たとえば、あばれ癖のある川を、あばれさせまいとするといったことになると、硬軟両様で激したり、静まったりしていう。こんな時には、もう〝教える〟もなにもない、命令のような話し方なのだ。

これだけで父の態度をきめてかかることはできないが、ある程度の察しはつく。つまり父は私に、自然の楽しさについては、〝誘いかけ、呼びかけ〟てくれたのであり、自然の手ごわさについては〝荒い声で教え〟たようである。

けれどもまた、もう少しひろげて思い合わせると、父ばかりではなくて、この時代の大人の何人かは、やはり私に自然の手ごわさを、まるで覚えこませたいかのように、きつい調子で教えている。たとえば、船頭さんが川の流れの、うねりの恐ろしい力を、たとえば、植木屋さんが暴風雨の風の力を、といったぐあいである。

川遊びでも、春風でも、楽しむほうは勝手にしたがよかろ、だが、水も風もうんとオッカナイ力をだす時がある、ということは、特にうっかり者の女や子どもは知っといてもらいたい、というようなことなのだ。楽しむのは自分任せだが、用心はゝたで教えるもの、といった通念だったのだろうか。なにしろ世の中がまだ古くて、人間も現代の人たちのように利口でなかったから、その上、こわいもの知らずでぼんやりしていたのでは、成立たなかったのだろう。

どうもそのせいらしい。私は人なみに四季折々を楽しむことも知っている半面、いつもどこか心の底に、自然は手ごわいから、という憚《はばか》りをもっている。地しばりなども、親の不快感のお相伴《しょうばん》で、くだらない錯覚をして気味悪がったのは別としても、あれは野草の自然繁殖の雛形を垣間見たようなもの、と思うと、やはりそのすさまじさに嫌な気持がするのである。

東京はいまや、人と、人の作ったもので、溢《あふ》れんばかりのいっぱいである。自然は押しまくられて、居る席がなくなったから、無言で消えていった。人は自分のことや、自分たちの作るもののことで夢中だったから、黙っておとなしく消えていくものなど、惜しむ気などまるでなかった。でもしばらくすると、なにか油気のぬけたような侘《わび》しい思いがして、やっと何を失ったかに気付き、おそまきながら澄んだ空を、木々の緑を、自然をとり戻そうといっている。

大賛成である。いいことだ。ちょっと遅かったとは思うけれど、それも却《かえ》っていいかもしれない。なまじっか中途から浮き上がるより、底にぶつかって、底を蹴って浮くほうが、弾みが利用できて、らくかもしれない。なにしろこんなに、建物だって、道路だって、早く走るものだって、なんでも彼でもこしらえてしまえる今の人なのだから、手近に、適当に町の中に自然を復活させ、嵌《は》めこむことぐらい、なんでもなかろうと期待したい。知恵と力と技術を寄せれば、死に死にの隅田川だって、もう一度生き返せないものではない。

京都や奈良も、自然がだんだんと崩されてきていると聞く。前にきたときは、こんなではなかったのに、という味気なさをうけることもよくあるという。そうだろうと思う。けれども私などは、すぐ東京の味気なさを思い出すせいか、破壊されたところよりも、よくまあ大切に保たれている、といったほうが目につく。

新しく育てる、駄目になりそうなものを復活させる、これはまだしも努力が早く報われる。が、いいものをいいなりに長持ちさせる、という努力は並たいていではない縁の下の力持ちである。京都、奈良の人は、なにかこの点に、すぐれた心をもっているのではないか、と思う。それが美術であれ、風物であれ、親代々、無意識のうちに〝損なわずに持ち伝える〟という心情を、譲り受け、受け継いでいるのではなかろうか。いいものをいたわって持ち伝える、ということはせかせかしない、落着いた愛情をつねに必要とするものだが、関西の人のせきこまなさとこの点とを、私は時折思うのである。

東京は明治このかた、もの急ぎし続けてきたと思う。戦後のせかせかしかたは皆さまご存じ、ことにここ数年のかっかとした急ぎぶりはひどい。かっかと急ぐことは、今の東京では、もう体質ともいうべきものである。だから、自然を失ったと気付いて、それを取戻すのに、やはりかっかと急ぐだろうか。

（一九七〇年　六十六歳）

第三章

秋

九月のひと

女のひとの美しさ——といわれてもそれがひと口でいえるでしょうか。ひと口でなんてそんなこと、とてもいえるもんじゃないと思います。複雑で、千態万様で、そう簡単にはいかないことだと思うんです。

ものごとに一生懸命になっている時とか、心に愛情のあふれている時とか、それは確かに表情も姿態もきれいです。でもそんなの女ばかりのことじゃない、男も同じです。押しつめていえば動物たちだって、心に愛があって、ものに一心だったりする時には、ひどく美しくみえます。たとえば猫です。仔をなめているとき、平安ないい姿をみせます。夢中でピンポン玉にじゃれている時、いえ、遊びだけじゃない、ねずみを狙っている殺戮《さつりく》態勢にだって、まさに一生懸命のきびしい美しさがあります。一心のとき愛あるとき美しいのは、なにも女のひとにだけと限るものではないようです。生きものの、そして人間の、ことに取りわけて女の美しさ——といわれても私には、すかっと、うまく一言でなんていえないんです。

私は中年すぎから随筆を書くようになったのですが、ものを書くようになってからは、自然に身のまわりのことに、多少は気をつけて目を配るようになったかとおもいます。木も草も、雨も雲も、以前よりもっとよく気をつけて眺めれば、もっとよくその美しさがわかるのでした。まして女のひとについては、なおのことです。もっとも、ああ美しいな、と感じさせられたことも度々ですが、同じように、ああ汚ない、とこれは自分自身のこともこめて、かなり沢山見たわけなんですが——。

それでとにかく、私はものを書いて以後、いつのまにか、なんということなしに、女のひとの美しさを十二ヶ月にわけて、思ってみるような癖がついたらしいのです。つまり一年中を通して見る、女一生を通して見るというような、大きく広く見据える眼力がないからの故でしょうか。こまかく十二ヶ月に区切って見るほうが、見やすかったのだろうと思います。書く以前は大ざっぱでしたから、四季ぐらいのことにしか考えていなかったようです。広く大きく見ることができたのではなく、ぞんざいに、そしておぼろに、季感と女性とをつなげて見ていたのでしょう。

こまかに割って見ると、同じ冬の季節にしても、師走の前季に見る女の美しさと、年を越した一月に見る好ましさとは、だいぶ様子がちがいますし、夏といっても初夏と、真夏と、晩夏とはおもむきがかわっているのがよくわかります。そこで九月の月ですが、私が思うのにはこの月は、女の美しさにとって一年じゅうで、一番むずかしい月ではないか、ということなのです。暦の上ではとっくに秋になっているんですが、感じの上からではまだ夏のうち、といった気がします。しかも厄介なことに月のはじめ頃は、毎年二百十日のあらし、続いて二百二十日のあらしと台風です。あらしの度にギクリと夏が減っていくくせに、まだまだ日中は暑いんです。目にうつるものはみな夏に曝《さら》され、暑さに萎えて、うんざりした恰好に衰えています。土まで艶をなくしているんです。夏の疲労というか老衰というかが、かくしようもなく表面に目立っています。私はこれを、夏のふけ、というんですが、美人でも若い人でも、夏ふけをして見ざめな人を、九月はかなり見かけます。

それなのに月も半分を過ぎるとお彼岸で、暑い寒いもそれまでです。気候も風物もはっきり秋に移って、したがって人も急いで改まって秋にならざるをえません。夏の尻尾と、秋の頭を、うまく入れ替えにできればいいのですが、うかうかしていれば尻尾と頭が一緒くたになって、あたらいいひともぐっと見おとりがして、お気の毒のようなものです。とにかく気骨の折れる月だとおもいます。

そこで、どういう人が九月に美しいか、ということになりますが、九月には新調の夏ものを着る人が、粧いでは勝ちます。もうすぐ冬仕度になるから、などとしみったれたことはいわずに、切りおろしを着る心意気がほしいものです。もし安物しか買えないときは、安物結構。安物を生かす智恵をお出し下さい。夏じゅう酷使したレースとか、初夏に何度も着て垢づいたのなどは、秋のおんなの新鮮さを害《そこな》うことひどく、誰もそのひとのそばへ寄ろうという気を起しません。初夏の新調のうち一枚分は、初秋の夏ものとして、魅力を保有しておくべきです。

そして、そう、心の持ちようからいうなら、送り迎えに情の深いことを心掛けるのが、九月の女の美しさでしょうか。夫を子を親を友人を、そして好きな人を、柔かく迎え、やさしくおくる——そんなひとがむずかしい九月にもすぐれていはしないでしょうか。同性でもそんなひとのそばへは、すっと寄っていきたいじゃありませんか。

（一九六四年　六十歳）

秋ぐちに

彼岸が過ぎたら、ひと朝、急に冷えた。

むろん一時的な気候の変調だから、次の日には平常な秋にもどったが、その朝の廊下の冷えかた、門の鍵の冷めたさ。なみではちょっと味わえない、新鮮な冷えだった。まだまだここしばらくは、秋のいい日和があって、寒くなるのはそれからだ、といったゆるみがぱたっと中断されて、足のうらもたなごころも新鮮にされた。叱られたのでもなく、こわいことがあったのでもなしに、ぴりっと引きしまるのは悪くない。

麻という布は、気性のしっかりした布だとおもう。そういう気候の変化に、はっきり性分をわからせる。決して、あたたかくしようなどという、妥協の気持はないらしく、座布団の麻はことさらごりごりと目《め》角《かど》[1]をこわくしているし、下着の麻はからだを動かす度ごとにひやつく。もう別れの時が来ましたよ、というような、あいそづかしみたいな、すげない冷めたさがある。あっぱれな気性者である。この性分だからこそ、夏のしのぎにもなってくれたとおもうけれど、秋にはぐっと薄情めく。

この冷えこみで、夜中に慌てて冬の夜具を引っぱり出したところが、こんどはどっちを向いてもやたらとカビ臭くて、自分は眠りたくても鼻がおきていて、一晩中うつらうつらと熟睡できなかった、とぼやくひとがいて「冬の布団というものも、急に引き出すと案外不機嫌なのね」と笑っていた。布団が仏頂面だ、という表現はおもしろかった。私にも幾度も、なじまない布団の経験はある。旅に出ればたいがい、反《そ》りのあわない寝具にねて、そっぽをむいてるなあ、と思う。だが、仏頂面という言葉はでてこなかった。そっぽを向いているくらいなら、こちらが構いつけなければそれまでのことで、眠りにさしつかえるほどではない。でも、仏頂面でぶっかかってい られたのでは、感じがわるかろう。よほど眠くて、しかも眠れなかったので、そういう言葉が出てきたのだろう。

同じ布団でも、夜具に比べれば座布団はらくである。たとえ多少カビくさくても、夜具ほど気にはならないし、陽に干すことも簡単である。小さいから扱いやすい。

けれどもその小さい座布団が、この頃ではなかなか扱いやすくはなくなっている。しばしば私は、よけいな口をきいて、明らかに相手からはうるさがられ、自分もわずらわしくていやになる。

私は座布団は縦長に敷くもの、と思っているのだが、ひとはそうは思わないらしく、縦も横も区別はしない。いつからそうなったのかよくわからないが、戦争中も終戦直後も、かなりぞんざいな家へ行っても、たしかに座布団を横にすすめられた記憶はない。それなのにいま、私と同じ年ごろのおんなのひとが、縦横を気にしないのである。掃除をして、きちんと片づけた部屋へ、一つは横に一つは縦に、座布団をおいてしまう。そこで私のよけい口になり、相手の気分をわるくさせ、自分もうとんぜられて、沈んだ気持になる。

それで、静かに見ていると、面倒くさいから、手当り次第に置いておく、というのではなくて、ほんとに縦と横の区別がつかないらしいようである。座布団の寸法はいろいろあるが、多く縦横の差は一寸か一寸五分である。そこへ綿のふくらみがのる。さらに、柄や模様がある。見る目が荒っぽく、気のこまかでない人には、その一寸という微妙な寸法できまってくる座布団の美しさなどは、素通りになってしまうようである。無理もないとも思うし、また大層残念な気もするのである。

いまは誰にしても、それからそれへと忙しく追われている生活である。大ざっぱになるのも、咎《とが》めだてできる筋合いではない。座布団の縦横など問題ではない、といえばそれまでだが、惜しいとおもう。これはいわば先祖の残した美しさである。日常生活の道具でしかない座布団にも、一寸という幽《かす》かなところで、美しさをださないではおかなかった先祖たちなのである。目茶苦茶にしてしまっては、愛が足りないことだ。忙しい生活がやさしさを奪うので、人間がわるくなったとか、美しさがわからなくなったとか、悪く解釈してはいけまい。ただ、時世がかわるとか、様式がうつるとかいう大きなことは、こうした座布団の寸法、縦横、といったごく小さい美しさから、崩れ失われていくのだろうか、と考えさせられるのである。ある若い女の子は、一寸の寸法の差ははっきりうなずいたが、正坐する時には縦位置で、あぐらをする時横にするのかと思った、という。いま風な了解の仕方で、屈託なく明るいのである。

座布団についでは、席ということになるが、これもいまはうるさくなくなったと思う。私の育ちざかりだった頃は、子供心にも人寄せの席へ連れていかれる時は、どこが自分の坐りどころかと、神経をつかったおぼえがある。坐るほうの身も呑気にはいかなかったし、座をしつらえるほうも気楽にはなれないのが席次だった。いまだって、きちんとした場合には、洋風にしろ和風にしろ、やはり自然に席順というものがあって、そう無茶苦茶にはなれなかろう。

この夏、暑いさかりのころ、縁辺の家に葬儀があった。なくなったのは八十歳を越したおばあさまで、当主は私と同じくらいの六十というところ。地方の、古い地主である。いまは東京より地方のほうに、かえって折目正しい風習が残っていて、床《ゆか》しくも思わせられるし、はっとさせられることも多いから、そこの葬儀の席次もむずかしいかもしれないと、一緒にいく娘と話しあっていた。ところがまことにさらりと、暑くるしくなく、みんなが着座した。見ると喪主夫妻が柩《ひつぎ》の正面にいて、あとはさりげなく席をとっていた。打合わせたのでもなんでもない。うまい工合に、ちょうど動脈から枝がわかれて、またその先に毛細管が交差しているような、順序はありながらに、うるさくはなく、雑然とみえて、しかしちゃんと整っていたのは、みごとという感があった。いいな！とおもう。

ついでのことにもう一つ。当主は、故人への別れの対面は、どなたにも略させてもらいたい、といった。いのちの去った顔を、誰の印象にも残したくないのだという。子として、もっともな心やりだとおもえた。けれどもその当主の奥さんは、これだけ安らかできれいな顔なのだから、私は嬉しく見せたいのだ、という。おばあさまはもともと、美人であったから、老いても骨格は美しかった。そこへ非常にいい看護婦が配属され、しかもその人が死後の顔の荘厳《しょうごん》に、[2]大層いいうでをもっていた。だから、紅おしろいの化粧ではなくて、おばあさまの生前の、最もいい顔つきが保たれたのだそうである。奥さんは四十年このお姑さんに仕えて、こんな若い、きれいな顔の仏さまを送ることができて、嬉しいというのもおかしいが、どんなに、ああよかった、という心ゆかしがあったことだろう。最後の対面は止す、という夫のそばから、ほんとにきれいなおばあさまなの、と妻がちぐはぐなことをいう。それが、ちっともちぐはぐどころでなく、二人の言分が一緒くたにうなずけて、かえって死の清さと別れの淋しさが胸にきた。

そして最後の葬りである。いなかだからそのまま埋める。行列である。私は先に帰宅して、娘がお見送りした。マイクで行列の案内があり、先頭が墓地へついても、行列の尾はまだ邸《やしき》うちを離れなかったそうな。行列の道は勿論、舗装ではなく、小砂利のごろた道である。二輪の霊柩車はゆきなずむ。次男の奥さんが見ていなかった。黒絽の喪服のまま、車輪の泥へじかに手をかけて、押した。見る見るまっかに顔へ血がのぼる。汗みずくになる。喪服の肩がぬれだしてきた。そんなことにはおじない。息をきらしきらし、送りとげたという。次男は医師で院長先生で、老母の最後の医療をつくした人であり、この奥さんもおばあさまに、四十年近く仕えたのだと思う。長男の奥さんが、きれいなおばあさまだという気持もわかるし、次男の奥さんが汗にまみれて押した気持もわかるし、葬りというのはこういう清々しいのが本当でしょうね、忘れまいと思うわ、と娘がしんみりしていった。

席の心配などして行ったのだけれど、それは取越苦労というもので、いい葬儀に行逢えて心洗われたのである。こういうのを、お立振舞《たちぶるまい》[3]にあずかった、というのだろうと思う。

（一九六二年　五十八歳）

註

1 ［目角］目の端。

2 ［荘厳］仏を飾ること。

3 ［お立振舞］旅に出る前に、別れを惜しんだり道中の無事を祈ったりする宴。

秋さわやか

十月は、ものが爽《さわ》やかに冷えてくる月です。ひややかとか、つめたいとかいえば、なにかこう情にうすく、親しくないことのように思いますが、秋の冷えばかりは逆に、情の深いものではないでしょうか。

ゆうべ鏡の前へ外しておいた腕時計を、今朝手にとれば、ひんやりと冷えています。時計の小さいつめたさと、我が手のぬくみとが、両方いちどにわかります。時計のようなこんな小さなものが、小さいなりに秋を堪えて、そっと冷えているのです。掌にくるんでやりたいような気になります。こころよい冷えは魅力的ですし、こちらもなんとなく情ふかくさせられてしまうじゃありませんか。

鏡も冷えています。冷えて、澄んで、ですから深さをとてもよく映しだします。ブラウスの衿の折返しが、ほんとにくっきりとうつります。障子の桟と紙との、ほんの小指の先ぐらいな遠近の差を、おや？と思うほど鮮明に分けて映すのです。冷えて明晰になっているのは、いい気持です。まして、手のくぼみに受ける化粧水の冷えは、もっとしっかりいい気持です。だらけていないな、という締った感じがあります。足にふむ畳やゆか板なども、つめたいと質感が肌にしみて、こと改めて、住みなれたわが家、といった懐しさもわくことがあります。秋の冷えというのは、情があっていいものだ、と私は思うのです。

秋はものの音が冴えます。もう四、五年まえになりますが、郊外のバスを待っていました。畑とたんぼがずっと続いている一本道です。停留所の標識が立っているところはなにやら灌木があり、そこへつる草がごっちゃに絡んで、しかしそのつる草の葉は明るい黄色にもみじしていますし、瑠璃《るり》紫に色づいた、小豆粒ほどの丸い実がいっぱいです。かわいく、きれいでした。美しきおどろ、とでもいうように見ました。バスがなかなか来ないので、私はその藪《やぶ》のまえにしゃがんで休みました。道には人気《ひとけ》がありません。

するとなにか音がします。幽《かす》かな音です。響かない、内気なような、遠慮っぽい音です。ややしばらくして、わかりました。つる草の実なのです。瑠璃の、紫の実だったのです。もう茎にわかれる時が来ているらしく、こぼれて落ちて幽かな音になります。音は実でしょうか、葉でしょうか。それとも落ちる音というのでしょうか。そこへバスが来ました。これがまたなんという、騒々しさか。でも、耳の奥には録音器が具《そな》わっていましょ？　一旦こうときいた音は残っていて、いつでも蘇《よみがえ》ります。バスの仰々しい騒音にもかかわらず、耳の奥には幽かな、ほつり、ほつりという音があるのです。きっとあれは、来年の発芽を約束する合図の声だろう、と思うのですが――それにしても道ばたで、あんなひそやかな音が、秋気のなかだからこそ、聞えたのでしょう。

心に深みが添わるのも、秋の特徴だと思います。日ごろ無沙汰にしている古い友達へ、こまごまと手紙を書こうという気になる人もいましょうし、将来への道をさらに慎重に、検討しなおしているひともいましょう。

小料理やさんの主人で、包丁の腕はいいのだそうですが、ばかに気が荒く、すぐ突っ掛かってくると、評判のよくない人がいました。火をおとして床に入ると、夜は深沈とふけて、大通りをそれた場所はさすがにもの音がありません。店の前は砂利道になっています。そこを自転車が通っていくと、ひしっと、確かに店のガラスがわれた音です。まだ枕についたばかりで眠っていませんでしたから、はっきり聞いていたのです。誰かが店の前を自転車で行く弾みに、砂利の一粒をとばして、それがガラスへ当り、自転車はそのまま逃げてしまったことが、疑いありませんでした。

勿論、その人がかっとして出てみたとき、道には闇と静寂と冷気ばかり。おかみさんにひどい悪態の八つ当りだったそうです。ところが翌朝、自転車氏がおずおず名乗りでてきて、弁償をするといいました。明らかに彼の性の悪い粗暴を承知で、こわがっており、それを敢えて我慢しているのが、まざまざとしています。彼のことです、相手がぐたぐた申訳でもいおうものなら、居《い》丈高《たけだか》に食って掛かったでしょうが、不機嫌に突っ立っているよりほか、仕方がなかったようです。

そのことが彼の心の、どこかに響いたのかも知れません。相変らず威勢はよすぎますし、我がままで、のぼせることにかけては名人ですが、「なあにね、世の中は相見互《あいみたが》いだ。あやまられちゃあ、金は受け取れないさねえ」というのです。割られたのは、しゃれた一枚ガラスだったのです。一度は逃げた自転車さんも、詫びをいれられてしまった彼も、知らずに心へ深さをましたものといえましょう。秋のせいだと思います。

（一九六五年　六十一歳）

まるい実

想い出は層になって畳《たた》まれていると思います。大きくあらい粒と中くらいなのと小粒と、それからいちばん下に沈んでいるのが砂です。亡くなられた当時は粒の大きいものを想いますが、こういうのは想い出というより、眼のすぐそこに見えていること、耳に聞えていることであって、想い出とは名づけていうものの、手繰《たぐ》り寄せたり汲みあげたりする手間のかからないものでした。大粒の想い出によりかかったり揺《ゆす》ったりしていると、つぎに出て来るのが中くらいの粒です。十二年もたったこのごろでは、はるか記憶の底のほうに埋もれていた、砂のような小さい事がらが、ぽつりぽつりと糸にひかれて浮きあがって来ています。それはみんなひどく懐かしいものであり、そうだっけなあ、というおもいがあります。想いだすのに道のりがあり、手間のかかったものです。小さな砂粒のようなものですから、別にこれといって話すほどの筋のある事がらではなく、毎日のなかのある何分間かの、平凡なことにすぎないことなのですが、私にはたいそう嬉しくて、これこそ想い出というものかといった気がいたします。

旧市内に私は住んでおりますが、旧市内でも場処によっては百舌《もず》が来てくれます。お彼岸の朝、宅の前の高い木で新しい声を聴きました。毎年その木へ来て啼《な》きます。百舌が啼けば父を想いますし、夏が衰えるころになれば私は百舌を待つ気があります。私は小さいときに父に百舌を指して教えてもらい、そのけたたましい声をおぼえ、「百舌が啼くようになると、美男葛《びなんかずら》の実が紅くなってくるし、山茶花《さざんか》も咲きはじめる」と聴きました。その通りでした。それで私には百舌は父とつながっているのです。父はそのとき黒っぽく見える袷《あわせ》を着ておりました。こんな想い出は事がらとしてはC級かD級の想い出ですけれど、鮮明度からいうとA級の想い出です。想い出すというより、そこにあるのを始終見ているといったほうが適当かとおもいます。同じように事がらとしては砂粒ですけれど、この夏、おぼろおぼろのなかから静かに鮮明になって浮きあがって来た記憶があります。「ものの実はなぜああまるくなるんだろうねえ」といわれたときのことです。そういわれれば実はみんな丸い形をしていると思い、庭のなかにある実や、土手の藪《やぶ》のなかのものを、子供ながらに見て歩いて、不思議におもったことでしたが、それを想いだしたのです。まるきり忘れていたことでした。でも想いだしたとなるとたいそう嬉しゅうございました。大切なことをいままで忘れていて、もうちょっとで一生忘れきりにしてしまったかもしれない、ああよかったという気持です。ほんとに実はなぜあんなに、色々なまるさに形づくるのでしょう。私はいまこの想い出の前に、子供のときそのままの無知と不思議をもって思うのです。なぜまるい、なぜ実はまるくなる？　父はどういう気でそのことをいったのか、きっと私に問題を与える気でいったのではないでしょう。小さい子でも眼で見れば、実のまるさはわかりますが、なぜとなると子供に出す問題ではありますまい。たぶん父が思っていたことをふと口に出してしまったままで、たまたま私が父のそばにからまって遊んでいたので、いいかけられたような格好になったのかとおもいます。

それは百舌の話のなかに出て来る美男葛のそばに、りゅうのひげが植わっていまして、そのりゅうのひげの瑠璃いろのまるい実を、父はひきぬいていてそういったのです。――りゅうのひげはどこにもよくある植物でしじゅう眼にしているのにふっつり想いだしませんでした。百舌の声を聴けば父とそのときの家・庭など想わなくてもさきに見えてくるほどですのに、そしてあの美男葛もきまって連れて想うのですのに、そのすぐ下のりゅうのひげと、まぜまるい？　はこうも長年おもいださなかったのでしょう。

想い出にはやはり筋といったものがあるとおもいます。すぐそばに並んでいても、筋が違えば想いださないのではないかと考えられるのです。私はこの夏、父の古い手帖を見ていまして、そのなかに自分のいたずらがき――というより父にいわれてしかたなしに描いた、夕顔瓢簞《ひょうたん》の花の絵を見つけました。夏の夕がたに咲く白い五弁の小花です。父は瓢簞を好んで毎年その棚をつくり、へんてこりんな曲り瓢簞ばかりたくさんできました。私はその曲り瓢簞を、しかし丁寧に干しならべたり、取りこんだりするしごとを申しつかっていたしました。瓢簞というのは傷がつきやすいとおぼえております。

この瓢簞の花の絵を見て懐かしく思っているうちに、じんわりとりゅうのひげの実と、なぜまるくなる？が浮きだしてきたのです。夕顔の棚の下にもりゅうのひげがありました。美男葛のそばからずっと列になっていて、途中で鉤《かぎ》の手に折れながら、夕顔の下まで続けて植えられていたのです。おかしいものだと思います。美男葛の実は二重にまるいのです。まるい芯へさらに小粒のまるい紅い玉がいくつもつくのです。でもその実をなんど想い出しても、りゅうのひげの青い実の、なぜまるい？は浮いて来ず、曲り瓢簞の生《な》る夕顔の花のあらっぽい絵を見れば、なぜまるい？を想いだしたのです。しかもそのりゅうのひげは、美男葛から夕顔まで鉤になって続いて植えてあったのです。

おそばの実は三角です。そばきり三角《みかど》とおぼえています。菱《ひし》の実は菱形だと聞きます。でもやはり実はまるいのが多いと思います。実は子なのでございましょ？ ほんとにこれはどういうわけで、まるくなるのでしょうか、不思議だと思いはじめれば不思議でたまらなくなります。父はそれをどう解いたか解かなかったか、そんなことは存じません。私にはその想い出がじんわりと浮きあがってきたときから、実はまるいということがはっきりしたのですし、なぜまるい？ということはたいそう大切なことに考えられ、もうきっといつまでも忘れはしないだろうと思います。いちばん底のほうから、砂粒のように小さく浮きあがって来たことですけれど、私にとってはA級の想い出であり、事がらだと思うのです。想い出は消え消えにつながっているものだと思います。

（一九五九年　五十五歳）

ぼろ

秋の虫は肩させすそさせ[1]と鳴くのだ、ということを小さい時に母から聞いた。それは祖母、曾祖母の昔々からいわれてきた事だというので、子供心にも随分むかしからぼろが続いているのだなと思い、こおろぎの哀れっぽさとぼろとがきらいになった。

それだのに女学生のころになるとやはりぼろを刺した。布は一度買ったが最後、二十年、三十年、を縫ったり返したりついだりはいだり、ついに雑巾からクズカゴ、へっつい[2]に至る末の末まで、手塩にかけて大事にする時代だったのである。そして継いだ布は、つぎの多さに正比例していとおしさが深くなるものだった。

戦争直後はだれしもぼろだけだったが、私よりもっと布に不自由をしている人がいて、捨てるようなぼろがあったらくれないかという。私はいろんな意味からぼろが惜しかったからそれよりましな方を出した。もらう方は遠慮からかぼろに固執し、奪うという趣きでそれは私の手から離れて行った。虫の盛に鳴く秋の初めのことだった。

そのうちどんどんと日がつまって、夜なべに足袋など刺せば針がことさら白く見える晩秋だった。あの人がひどく立腹しているという話がきこえてきた。「あんなひどいものをくれて人を何と思っているのだ。親の余徳で食べている人間はぼろでも刺していい気になっているかもしれないが、その日に追われる者にはぼろに費す時間はない。貧乏で忙しい者の時間は金なのだ米なのだ、ぼろじゃないのだ。あんなものをくれて人をバカにしている」というのだそうだ。

私も腹をたてたが、やっと「自分のぼろは如何に懇望されても灰にするまで放してはいけないのだ」と思い、「ものをもらうからにはつまらない遠慮をせずに、もらいたいものをもらうのがかえって礼儀だ」と思い、「今はもう着捨てる時代になりつつあるけれど、ぼろはまだなくなるまい」と思って片づけた。が、感情に平静が戻ったのは、もうこおろぎが死に絶えてからだった。

（一九五五年　五十一歳）

註
1 「肩させすそさせ」伝承歌で「肩刺せ、裾刺せ」「寒さが来るぞ」「つづれ刺せ」などが続く。寒さの到来に備えてきものの肩や裾のほころびを繕っておきなさいという意味。
2 「へっつい」かまど。

あやかし

よい月夜だった。月に浮かれたというのでもないが、子供はときどき馬鹿騒ぎをやる、ちょうどそれだったらしく、きょうだい三人と犬[1]はようようのぼり初めた月のなかで、むちゃくちゃに騒ぎまわった。父が来て、夜のあやかしがかかるといけないからうちへはいれといった。姉は素直だったが、はやりたった私は、あやかしとは何だと訊《き》いた。父は、変なあやしいことだといった。シンデレラ物語がすぐ浮んだ。変なあやしいこととはすばらしかった。家にはいると見せかけて弟をそそのかして、またも二人で、かげやどうろくじん、十三夜のぼた餅[2]とうたって、月光の中をはね飛んで影踏みをやった。

私が鬼になり、弟を建仁寺の隅へ追いつめて、魔法つかいのおばあさんだぞうというと、弟はきいと一と声、逆に私にぶつかって来た。不意をくらって両脚天《てん》に沖《ちゅう》[3]してひっくり返った。運悪く腰をついた処は犬の食器の上であった。伊万里の欠け丼は脆《もろ》くも砕け飛んで、かけらは私の投げだした右足のくるぶし際へささって立った。わっと泣いた。伯母さん[4]が駈けて来て、お父さんお父さんと呼びたてた。父に見られてはいけない、私はかけらを摑《つか》んで引っこ抜いた。なまあたたかいものが土踏まずへがぶりと溢れて、どきっどきっと痛みが押寄せて来た。父に抱きあげられた。――いうことを聞かないから、見ろ、あやかしにかかったろう。しっかりと父の頸《くび》に噛《かじ》りついて泣くことをこらえ、――あやかしなんぞ何だ、痛くないっ、と歯を食いしばったが、あやかしがはじめて恐ろしかった。

台処の板の間へ寝かされ、清水が足に注がれた。くるぶしだから手早にしろと父はいったが、伯母さんは血にまごまごしてどなられた。おろおろしている伯母さんがかわいそうだった。自分で縛るっ、と起きて傷口を見たらきたならしかった。きついやつだ、もすこし我慢していろと父は、ふくら脛《はぎ》と股《もも》を凄くきつく結えた。下女におぶわれて医者へ行き、医者は留守で代診が顫《ふる》えふるえ、ぐじぐじと針を刺した。痛さをこらえる緊張にヨードホルムの臭いが手伝って、胸がもめた。夢中で膿盆《のうぼん》をひったくったが、それきりだった。醒めたときは家にいた。

内科の代診君だったから無理もない話だが、傷口の消毒不完全から化膿し、足は樽のようになった。傷を負ったとき以上の痛い思いをして切開し、再縫合した。通り魔の話、かまいたちの話、逢魔《おうま》が時《とき》[5]の話をしてくれて、――おまえは少しばかげたところのある子だから、そういうものがつき易い、といったので私は大いに恐れた。かなり大きくなるまで、あや子のあやはもしかしたらあやかしの好むところのものかと信じていた。弟は来る人みんなに、ア子ちゃんはあやかしにやられたと触れまわった。

（一九四九年　四十四歳）

註

1 ［きょうだい三人］文と、姉・歌、弟・一郎。

2 ［かげやどうろくじん、十三夜のぼた餅］月夜の影踏み遊びの歌の歌詞。

3 ［沖して］高くあがって。

4 ［伯母さん］文が六歳のときに亡くなった生母の姉。父露伴が再婚するまでのあいだ、同居して子どもたちの世話をした。

5 ［逢魔が時］大禍時から転じた言葉。夕方薄暗くなった、魔に逢う時分という意。

秋の電話

私は娘の帰りを待っていた。行くときから都合で遅くなるとわかっていたので、ちゃんと送ってもらう手筈もつけておいたし、心配することはちょっともないのだけれど、でももう十一時に近かった。近処もまた今夜ははやばやと静かになってしまって、気温はぐっと落ちていた。部屋のなかでこおろぎが啼いている。小箪笥の上に電話帳や新聞を積みかさねてある、その蔭にいるらしいのだが、まるで私という生きものが一つ部屋のなかにいることを認めていない高調子で、しきりと啼いている。私は娘の帰りをただ待っているので別に案じているというのでもないくせに、そろそろ女親の細い神経がぴんと張りはじめていた。雨戸の内外《うちそと》に夜ふけの感じがこめていた。

びりりりり、電話が鳴った。どきっとして膝の上の猫をほうりのけて起《た》った。

「もしもし。」

「や、どうも今夜は、ばあさんが御馳走さまになりまして、――」

「は？」

「まあだ戻らんもので。なあに遅いのはかまわんのですが、あれは足もとが悪いもので、ははは、いくらか案じられましてな。」

「もしもし、あのう……」

「いやなあに、ばあさん口は達者でもなんにしても齢《とし》なもんで。」

「もしもし、ちょっと。おまちがいのように思いますが、――」

「は？　や、こりゃ、こりゃ。そちら中村さんじゃありませんので？」

とたんに私の頭の上の柱時計が、びんびんと打ちだした。

「こちらは小石川の＊＊番ですが。」

「は？　え？　大塚の中村さんと違いますすか。」

「大塚は先日から局番号がかわりましたが。」

「はあそうですか。これはなんとも迂《う》闊《かつ》でした。はあ、いや。ただいま鳴ったのは十一時ですな？」

私はあわてておっかぶせるようにつけ足した。「いえ、この時計ちと進んでおりますから、まだ十時のうちです。きっともうじき御無事にお帰りになるでしょうから、御心配なさいませんでも。」

「はあ、御親切にどうも。夜分遅く失礼しました。」

すわると、すぐまた猫が膝へ来たし、こおろぎも今度はあきらかに私を認知して、うかがって短く啼きはじめている。いかにも年寄々々した、こせつかないものの言いぶりだったが、電話が通じるやいなや対手をたしかめようともせず、自分の名をいいもせず、いきなり話の中心へはいって行くあの気短かさには、老妻を案じる気もちがあふれていた。どんなおじいさん・おばあさんなのか、連れ添って何十年になるのか。いや、しかしそんなことはどうでもいい。今夜のこの冷えびえとした晩、どこかのおじいさんがおばあさんの帰りを気づかって待ちかねていると思えば、そこからしみじみ秋めいた情感が流れてくる。鏡がなくても私は自分の顔がやわらいでいるのがわかった。

夜なかの電話はほとんど大部分がまちがいで、それもきまって跡味のよくない電話にきまっていると見ていい。と知っていても、ほとんどその都度《つど》なにかぎくっとさせられて受話器を取る。「ちぇっ、まちがっていやがら。」――がちゃん！というのもあれば、「おれだ。これから行くけどいいな？」などと、あきらかに酔っているのもある。まちがいでも今夜のような爽やかなものは、たぶん二度とないだろう。


（一九五三年　四十九歳）

霜におしむ

おととしだかさきおととしだかの手帖に、十月三十一日としてこんなふうに書いてある。――
「長あめ後の晴れ、菊が咲いている。すすき呆《ほう》けた、穂葉はまだ青い。芙蓉の実はじけている。萩はわずかに花が残っているのもあり、葉の黄いろくなりかけたのもある。まっぴるまだというのに蚊が群れてもちをついて[1]いる。でもこれは人を螫《さ》す蚊ではないようだ。」

十一月といえば一年もあと一か月ばかり、花もなごりの色が消えてしまえば、あとは霜の花氷の花雪の花になるのである。だからこそ、なごりの花にはひとしお心が惹かれる。私は毎年萩もすすきもすがれて[2]行くすがたが惜しくて、花のあと種のあとを早々と刈ることができないでいる。朝ごとにだんだん俯伏《ふふく》し、だんだん黄いろくなって、ついに萩は枝だけの裸になるし、すすきはかさかさと乾いて風に音をたてるようになり、その毎日の変りかたがなんともいえず美しい。徐々にして急ともいうべきものである。風情ということばはこんな姿を指しているのかともおもう。

いったいに秋のくさぐさはか細い。そのか細いものがか細いなりに、日ごと夜ごとにきびしくなろうとする天地のつめたさ寒さに堪えようとしているのである。当然これは堪えきれるものではない。でも、どんな小さな草一茎だって、ちゃんと終りまでみごとに姿を整えてこらえ通している。萩の葉などはしまいに透きとおるほどになって、陽を受ければほとんど白い絹じゃあるまいかとさえ見えるのである。そして、そんなにもいじらしく美しく最後まで生きぬいて、ほろっと散る。風のない昼、あたたかく快い陽を背にして見ていたりするとき、ふっと白い萩の葉が枝を離れて苔の上へ舞い納まったりすると、私は何かいわずにはいられない。また来年ね！といった希望だか願いだかをいわずにはいられない。

ことし、私の庭はわりに早くものが伸びた。気候の加減かそれとも何かのせいか、やたらと早く萩もすすきも伸びすぎた。しかたがなくて一度刈った。また伸びた。二度刈った。それでちょうどいいかと思っていたら、今度は八月に例の毒蛾の騒ぎになった。ここは町なかだけれど、こんなにもさもさしていてはもし蛾の休み場処になってはよくないと注意されたので、またまた刈って坊主にした。三度刈ってはもう今年は花も種も見られまいとあきらめていたら、草は大急ぎに急いで後ればせに追いついた。刈られ刈られした枝や茎は、さすがに小ぶりで、しかし引きしまった粋な姿をしている。紅い白い花が咲いてこぼれた。すすきもお月見にはるか後《おく》れて、やっときょう穂のさきがちらりと光りはじめている。やっと穂を出すことが、それでもまあできました、といっているようすに見える。いまから私はもう、これらが露に霜に堪え、衰えて弱って行くのが惜しまれてならない。ことしはまた格別な風情というものだろうとおもう。

もう何年もまえ、ある別荘へ呼ばれたことがあった。建物や調度はいうまでもない、木立は抱えきれないような太い幹のものばかりを集めていて、それだのに客室のまえの庭はからりと広く何もない芝生である。ただ一とむらの萩がおかしなところ、どう考えても中途半端みたいな場処に、ぼさっと恰好もなく押っ立っているのである。へんだなあと思った。訊くと庭師はいった。「旦那様が秋の草にはあわれをかけてやれって、しきりにいとしがりなされるもんで。……もともとここが空地《あきち》だったころから生えている萩なんですが、花の済んだあとも鎌を入れさせないからいまだに野のままの姿です」という。なるほど草というよりはそれはむしろ、萩という木に近い幹をもっていた。秋の残る花を惜しめばそういうことにもなりかねないのである。

（一九五五年　五十一歳）

註

1　［もちをついて］蚊柱が立つ様子。

2　［すがれて］葉や花が冬に近づいて枯れること。末枯れる。

なごりのもみじ

この稿が活字になるころには、里のもみじも、もうすっかり消えてしまっているだろうが、でももしかすれば地形や空気の加減で、まだどこかに名残りの赤や黄があるかとも思いやる。このごろはいよいよ老いてきて、何事によらず名残りということに心惹かれがちだが、もみじは殊になつかしくて、季節は過ぎたと承知していても、外出すればそれとなく名残りの紅や黄をさがす気持になる。若いうちは花も紅葉も盛りを見ることが満足だった。いまもむろん盛りはめでたい。然《しか》し心にしみて惜しむのは名残りの、ことにもみじである。

もみじの落葉は、その年のその葉一代の、いわば終息である。なんとみごとな終焉かと感嘆する。夏には一様に青い身を、秋のある時期がくれば忽《たちま》ち赤くきいろく染めて、その絢爛《けんらん》のままそこに止まっているのは、わずか何日だろうか。風のあるなしによらず、陽の照る雨の降るにかかわらず、朝であれ夕であれ、ふっと、まったくふっともみじは居る処をはなれる。どこを指すでもなく、舞うようにゆらいでおりて、姿を消してしまう。そしてそれが終りなのだ。花よりもはなやかに、優雅に、しかも鮮烈である。これほど美しいいのちの果というものが他にあろうか、と思う。

もみじに目のあく思いがしてから、もう三十年近くになろうか。晴れた午後で、掃除したばかりの庭先をぼんやり眺めていた。山吹がひと株あって、もう枝は透けすけに、きいろくなった葉が少しばかり残っていた。見るともなく見ていると、ほろっとおち葉して、根元に黄色が一枚、横になった。いかにも安気に休息したという様子にみえたし、うまい場所へ形よく散るものだなと感心した。だが、おや？と気付いた。この一枚、どの枝から離れたか。見ていたのに、それがまるで目に止っていなかった。この透けすけの枝、数えるほどしか残っていないきいろい葉なのに、この一枚が今の今まで生きて住みついていた場所をさがすことはできなかった。いささかの際立ちもないその旅立ちかた、そして平安な納まりかた、町なかの小庭の山吹で、やっとはじめてもみじをしかと見たような気がした。

なんでも物事はすべて納まりが肝心だという。これはいうまでもなく、よく納まらなくてはいけない、ということなのだが、よく納まろうと思っていても、とかく脇へはみだしたり壊れてしまったりしがちなのが常といえる。もみじを見ると、いつもみごとな納まりということを思わせられるが、もみじはあまりにも美事すぎて感嘆するばかり、身にあてはめてはとても考えられるものではない。我が身のこれまでの越し方をふり返れば、どうひいき目にみたとしても納まりがよかったとはいえず、次々と欠落、崩壊、氾濫をしている。七十何年がそんななので、ここへきて急に願っても、よき納まりは所詮無理だろうと思っている。もみじは私のあこがれであり、ただもう恍惚として眺めて喜ぶのである。この秋ももみじを見に行った。同行三人、年齢まちまち、はじめのうちは誰もが赤を見、黄をみて声をあげたが、そのうち私ひとりだけが宿まで歓声をあげ通した。だまっていられないのである。多分に恍惚の人的だからでもあるが、恍惚にもいろいろあって無言恍惚もニヤニヤ恍惚もあるらしく、私の場合は根が陽気な性質なので、喜び騒いでしまうのだろうと判断する。

でも、そんなに喜びさわぎはするけれども、旅を終えて帰ればいつものひとり住みに戻って、目に畳んできた風のもみじ、霧のもみじを思い起こし、やっぱりもみじとはひと通りならぬ立派なものだ、と再感動をするのである。

（一九八一年　七十七歳）

一葉の季感

日記[1]の明治二十九年七月には、父が三木竹二《みきたけじ》[2]氏といっしょにお訪ねしたことが書いてある。「色白く胸のあたり赤く」といってあるが、色の白いのは父の兄弟みなそうなので、胸のあたり赤くは、これはよくいう酒やけなのである。着物の襟でくぎられるV字形の、胸から喉《のど》へかけてのところが焼けて赤いのである。明治二十九年といえば父は三十歳である。こんな若いときから酒やけの胸だったのだから白い胸でいたのは何歳までだったか、などと思っておかしい。父に聴いた一葉の印象は、薄皮だちで顔に血のさしひきが早かったということである。それがいかにもからだのかい[3]弱さと気の張りの強さを見せているようなものであったらしい。「腎臓肝臓の人ではない、だから見た眼に汚いところのないひとだった」という。私には日記の「胸赤く」もおもしろいし、父のいう「血のさしひき」も気にとまることだった。

若いときもいまも私はぞんざいな性分で、それは読書にもよく現われてしまう。十六七のころ、そのぞんざいで一葉を読んだ。眼はもちろん文字の上の事がらの進行につれているのだが、皮膚が感じをもつのだった。読んでいてときに身のまわりにすうすうと冷たすぎる晩秋の夜気を感じたり、ときにはどう機嫌をよくしてみようもない夏の夕がたのけだるさを感じたり、どの作とかぎらずおおかたの読後には、事件・人物はほとんどみな季節にくるまっている――という強い季節感が残るのだった。むしろ人物のかなしさより、季節のもとに息づいていることのかなしさのほうが大きく残っている感じなのだった。このごろも相変らずのぞんざいで少し読みかえしてみると、やはり濃い季感をうけとらされるのである。「十三夜」などあっさりと題に十三夜[4]を指定してあって、本文には特別な季の描写がない。それだのに季はしっかり全体をおさえている。明治という時代の、女たちがまだ油でこてつけ元結《もとゆい》で縛りあげた重い髷《まげ》を頭に載せていたときの、十三夜の季節を間違いなくうけとらされるのである。そのぞわりと冷たい後《おく》れ毛の、その黒縮緬《ちりめん》のしとっとした重さの、その離縁話をきりだして手をつく畳の古ぶるしさの、そういう季感はお関という女へ纏《まと》いついて霞むばかりなのである。私はこれを父のいう、血のさしひきのある顔へつなげて思わずにはいられない。

　一葉の季感は、血にうけとり血に発して筆に留まるものではなかろうかとおもう。それだからああも籠めていることができるのではなかろうか。血で季をとらえる――と考えれば私は刃物をあてられるような気がして、ぶるっとするのである。

（一九五六年　五十一歳）

註

1　〔日記〕樋口一葉の日記。一葉はこのとき二十四歳で露伴とは初対面。同年十一月に病没。

2　〔三木竹二〕劇評家で、医者。森鷗外の実弟。

3　〔薄皮だち〕皮膚が薄く、色白の顔立ち。

4　〔十三夜〕旧暦九月十三日の夜。新暦では十月後半ごろにあたる。

第四章

冬

山茶花

紅葉も終りました。菊もすがれました。梢にいくつか残っていた渋柿の赤い実も、もうなくなりました。十二月になれば私たちのまわりからは、どんどん色が消えてしまいます。日毎に寒く冷たく、なにか追いかけられているような、こせついた気になります。それをまた一層煽《あお》って乾いた風が吹きつけます。そうすると裸になった木の枝がひゅうと細い声を出しますし、建物の角《かど》などもいやな音をさせて泣きます。――すっかり冬になってしまえばいやではありませんが、冬になろうとするときはいやです。菊が枯れても紅葉がなくなっても、それはしかたがないとおもいます。太陽が遠くなって風が絶えず身近をざわざわしても、それもしかたがありません。菊も紅葉も消えたあとに、太陽が遠く、風が騒ぐひまひまに、不安が心配ごとが顔を出しているような気がするのがいやなのです。

でも、そういう季節的なへんな不安感を救ってくれるものがないじゃありません。山茶花《さざんか》です。

みんな身のまわりの色が消えて行くとき、この花はわずかに堪えて白く、うす紅く、一と重に八重に咲きます。椿のように太い高い木にはなりません。骨細《ほねぼそ》に立つ幹です。葉もお茶の葉くらいのこまかい紫で、花頸《はなくび》のない花が葉の裏に密着したようになって咲きます。大きな堂々とした花ではなく、少しちぢれ気味の花びらです。しんは黄いろい蘂《しべ》がたくさんあって、いかにも鄙《ひな》びてすっきりはしません。しかし、この花びらは肉厚の花びらですから、一見鄙びた花ではあるけれど、よく見るとその色は見ざめのしない染めあがりを見せています。白い花びらは、雪をあざむく白さではない、銀に光る白さでもない。でも、この花独特のなつかしい温かさで白いのです。うす紅い花びらならなおのこと可頬につけてみたいような白さです。深々と清潔に白いのです。ですから、野暮なりに決して薄っぺらではありません。種類によってはかなり野暮くさい色をしていますが、それとて一枝を手に取って近く眺めればよくわかります。肉厚の花弁ですから、もともと高価なものではありません。ときによれいじらしいほど正直に染まった花弁なのです。もともと高価なものではありません。ときによれば垣根に仕立てられているところさえあるくらいなものです。木ぶりも花も椿にはぐっと劣りますけれど、これが淡い匂いを吐いて気どりもなく、ほそ枝に群がって咲いているのを見ると、ものがみな色を失ってしまう冬の入口の不安な気分が、ほっと助かるおもいがします。めざましい美しさにはちょっとすぐには近寄りかねるものですが、山茶花のようなあまりぱっとしないものには、じかな親しさがあり、その見ばえのしないうす紅や光らない白さに逢って、冬の不安というだだっ広いいやな気もちが緩《ゆる》められるのです。お天気の日はまだいいのです。朝から曇って、午後はけじめもなく匆々《そうそう》に暮れようとするその夕がたなど、この花の無言で咲いている姿は、たしかに人の心を温かにします。そうです。この花は群がって咲いていますが、おしゃべりをしていない花に見えます、――たった一輪咲いていても、ぺちゃくちゃとしゃべりかけてくる花もあるものです。

あるとき私は人の紹介で、売る家を見に行きました。引越の必要に迫られて困っているときでしたので、ほとんど毎日そのことにかかりきりの状態で、借りる家買う家となんでもかでも足を棒にして捜して歩いていた折のことです。もう勘定も忘れるくらい見ていました。そのくらい家捜しというものはうまく行きません。自分一人の家なら我慢ということも比較的に楽でしょうが、居職《いじょく》の主人を先頭にして主婦も自分の技術をもっている、息子ももう大きくて勉強室が是非ほしいとなると、他人《ひと》の建てた売家貸家が、ぴたりどんというわけに行くはずがありません。一軒一軒と失望を重ねながら、懲《こ》りることもできないで捜し歩いていたものです。内心もううんざりしていて、うんざりと我慢くらべをしているようなものでした。その一軒です。都心をずっと離れていました。交通に不便だからと最初から嫌気がさしてはいましたが、紹介者の手前見に行きました。ですから途中のことなどろくに気をつけもしません、ただ遠いなと思っただけです。思ったより大きな家でした。悪くありません。家捜しもそう数多く見て経験すると、うちのなかへはいって見ないさきに勘というものが働くようになって、内部の木口や手間のかけようの程度が察しられてしまいます。それは丈の高い檜葉垣《ひばがき》の外構えで囲まれていましたが、それだけ見て内側の建物が悪くないと見当のつくような家でした。ですから私はとたんに気が動いたのです。現金です。

申しぶんありません。傷んだところもありますが、しっかりしています。いわゆる借屋普請ではないのです。電燈の位置なども心づかいは行届いているし、ちょっとした張出し窓も風情と実益を兼ねています。襖・障子・畳とまあ揃っています。採光・水はけもいうところはありません。家族一人一人のうるさい希望も、まずは文句ない部屋の配分ができそうです。しかも家主は貸しても売ってもいいというし、値段もむしろ廉《やす》いのです。ただ私に決断しかねるものがありました。これといっていい現わせない微かな不安のようなものが、部屋の隅々家の隅々、いえ屋敷全体の隅々にどことなく散らばっているみたいな気がするのです。ですからお話にはならないことなのです。漠然とした、私の気分だけのことなのです。因縁つきとかばけもの屋敷とかなのではありません。しいていえば、この家はながく陰気がこもっていたのじゃないか、といった不快なのです。つまり長年かけて不活潑な澱《よど》んだものが浸みこんでいて、一朝一夕には抜けきらない、抜けきらないさきにこっちがその澱みにやられそうだというような、しいていえばそんなものです。愚劣だと打消しながら、しかしそういう不安はなかなかどきません。

私は即決ができないまま、「いずれ」といって返辞を濁して玄関に出ました。相当な金目《かねめ》の飛石が門へとだんだんに低く敷きこまれています。飛石の両側には植込、どうだんがみごとに茂っています。その奥に、まるで押しこまれたかたちで数株の山茶花があります。白もうす鴇色《ときいろ》のも今ようよう咲きだしたところで、蕾がたくさんふくらんでいます。そこへ薄陽《うすび》があたっています。ああこの花があるな、と思いました。今なんとない不安感で即答しかねる憂い心で出て来たばかりだったので、よけい山茶花が眼に映ったのだと思います。それは、「おまえ引っこんでおいで。引っこんだところでちょうどいいんだ」といった具合に、おっぺされて[1]いるみたいなかたちでした。

私ははっきり借りようといわず、持主もそのことにしつこい勧めはせず、それでも一と通りは裏口も見るのが、見せるのが礼儀です。別にこれということもない裏口ですが、裏には大っぴらな植えかたで山茶花が植えてありました。そこは陽当りのいいせいか、花はもう散りこぼれて、十のものなら五以上は過ぎています。絞りのもあれば、覆輪をしたように縁《ふち》だけうすく染まっているのもあります。ひっそりとしていました。花ははらっとこぼれます。まっすぐに墜《お》ちます。枝々にひっかかりながら墜ちてくるのもあります。張りだした枝からすとっと土へ行くのもあります。肉厚の花びらは重みがあるのでしょう、桜の花びらのようにひらひらと浮いて舞いません。ですからすぐ足もとに散ります。木の根のまわりは紅く白く花びらが落ちていました。

買いも借りもしませんでした。惜しい家でした。ふしぎなことに惜しかったとは思います、いまでも。それなのに間取がどうだったかなどは忘れています。いちばん鮮明なのが山茶花です。

その後一年ほどして、やはりその家は手放されてしまったと風のたよりに聞きました。やがてもとの持主は都内にはいって家を買ったと聞きました。共通の知りびとである私への紹介者は、さらにしばらくして逢ったとき、「なぜあんな家を買ったんだろ。あんな大きいばかり大きくて、がたがたな家じゃないか」とけなしました。

「山茶花がそのお宅にもありはしない？」と私は訊きました。

「山茶花？　そんなものあるもんか。人間よりせいの高い雑草で埋まってる家だよ。まえの生活じゃないからな、あいつも。」

「どうかなさったの、おとなしそうなかただったじゃないの？　賭事《かけごと》じゃないんでしょ。」

「賭じゃない。——でもある意味では賭だったともいえるな。」

「生活にお困りなの？」

「そう、いろんな意味でね。」

「いやだわ。ある意味だとかいろんな意味だとか、いやに意味深長ね。」

そんなふうにいわれたので、ひとごとに興味を起さない私が、その紹介者とは別な人から聴きだしました。その深長な意味というのは、夫としても男としても父親としても面目の潰れる種類のものでした。立枯れの草ぼうぼうのがた普請のなかに、その人はやもめになっているらしいのです。私はそれを聴いてなんとも納まらない気がしました。躍起になることもないのですが、なんとなく山茶花の白さ紅さが想われてなりません。紹介した人にそんなことで腹をたててもしようがないのはわかっていますが、いささか中《ちゅう》っ腹[2]で申しました。「あちらのもとの家、どんな人がはいったのかしら。」

「ああ、きれいな人なんだ。静かに暮してるらしい。このあいだあの近くに用があって行ったが、そんな話だった。」

「きれいな人っていうからには女世帯ね。」

「…………」

答えがないところで察して、私は鎌をかけました。そんな鎌なんかかけるような下劣な気になったんです。どことなく憤慨みたいなものに押されていました。「二号さん？」

対手は事もなく、「そうらしい」といいました。

又そのあとです。その人は胸の病気を病みだしたと聞きました。そしてそのつぎには亡くなったと聞きました。私に山茶花の宿を紹介した人は、「写生帖があって、山茶花ばかり書いてあった」といいました。私はそうだろうと思っていました。いえ、絵だなどとは存じません。写生であろうと写真であろうと詩であろうと、いやいやそんな形をとるものが一つもなくても、あの家のあの主人で、そんな気の毒な径路を通ったとすれば、おそらく心のなかに残るものは、襖の模様でなし、障子の陽ざしでなし、まして食卓などでなく、ただ山茶花の無言な立ち姿しかないはずだと私は感じておりました。すべてにだだっ広くひろがった不安があるなかに、あの花ばかりはわずかに平安で、人をほっとさせていたことと思われます。不安をいちばん沢山もっている人は、自然その花のそばへ心を置くよりほかなかったはずでした。

十二月は色の消える月です。ものの終りははっきり線を引いたり、ぱっちりと鮮やかに飾ったりしてきまりをつけたいのが人情です。それだのに、菊のないあとにこの花が残って咲きます。花にはちがいがありませんが、見だてのある花ではない鄙びたものです。その野暮くさい見ばえのしない花を飾るがゆえに、一年の終りは平安におちついて無事に暮れるのではないでしょうか。

山茶花があることを思うと、十二月はなるほど一年の鎮《しず》めだな、とうなずけます。女の終りも、菊や紅葉と鮮やかなのもりっぱだけれど、私なら山茶花がいいとおもいます。

（一九五六年　五十二歳）

註
1 ［おっぺされて］押しひしがれて。
2 ［中っ腹］心中に怒りがわいていること。

雪

空から降ってくるものはほんとにいい、しぐれも雹《ひょう》も雪もみんないい。去年は暮から春へかけて、実に雪が多くて楽しかった。

夕がた八時ごろ、ちょっと用を思いたったまま訪ねて、もう帰るもう帰るがひきとめられるうちに、時間も何もぼんやりしてしまって、ようよう玄関へ出ると、あらっというように一面もう白くて、ぼたん雪が鷹揚に舞いおりていた。なんだかばかに嬉しくなって、その辺を一とまわりしてから車を拾うことにしてというと、そこのもう退《ひ》いている大きいお姐《ねえ》さんが、つきあってあげるという。軒燈のぼやっとした暈《かさ》のなかに、雪はほとんど垂直におりて来る。小路《こうじ》を縫って柳橋[1]へかかる。

何度見てもこの橋は好きになれない。どうしてこんな頑固な橋をかけたのか。柳橋という名がかわいそうだ。「むかし芸者というものがもっとずっと哀しいものだったとき、みんなよくこの橋で涙がこぼれたものなんですよ。泣くと、自分の顔のおしろいが自分の涙でふうっと匂うんですよ。悲しゅござんしたね。この橋は小さい癖に風が強くて、大川[2]へ落ち口だから、風がねじれるっていうんでしょうか、そりゃ寒い橋なんですよ」という。風は今だって変るわけでもあるまいが、時代が変ってこの世界もいろいろ新しく、いまどきこんな処で泣く妓《こ》なんかいないし、そう話してさえ笑われてしまうと、聞きながら来ると、かなり後ろから、「お姐さん待って」と呼ぶ声が若い。見ると、眼の光った個性的な品のある顔だった。

「どうして車へ乗らないの。」

「風がないから、雪を見ておかないのは惜しいと思って。」

「へえー、そりゃご風流な。」

「あらあんなこと。このあいだ芸者は季節の感じに疎《うと》いっていわれたんですもの。」

「……またどっかへ。」

「いえ、もううちへ。」

「じゃ、どうしてこっちへ。」

「だって、こんな晩うしろ姿だけで、声もかけずに行っちまうなんて、——」

「惜しい？」

「あんまりそっけないわ、お姐さんにも自分にも。」

やがてその妓《こ》は行った。会釈するとき、客を扱う愛敬《あいきょう》が見えた。その妓は芸も達者でなし顔も十人なみだから、はじめは末席だったが、気もちに深さと品があるので、だんだんはやって、この春はお座敷の予約がとうから一杯だという。はやる妓というのははっきり二た通りだそうな。一つはいわゆる芸者らしいという妓、もう一つは良家の令嬢をそっくり持って来てそこへ置いたという妓。「つまり教養とかいいますね、心の深さなんですよ」と聞いた。あの人に高島田を載せて、こんな柄の春の衣裳を着せたらと描いて、私はタキシーで帰った。

ほんの行きずりのことでも、心のたけの深さにはまいるものだ。今年も雪が降るだろう。もう私は雪とあの人を切りはなせない。

（一九五二年　四十八歳）

註

1　［柳橋］神田川が隅田川に流入する河口にかかる鉄橋。

2　［大川］隅田川のこと。

引残り

どんどん日がつまる。夕方の早いことはおどろくばかりだ。雨もよいの日など、六時を過ぎるともう早くも、自動の庭園灯がともってしまう。日の暮れが早くなると、年の暮れが来ているのである。

年の暮れには、いろんなことを片付ける。片付けて片付くこともあればうまく片付かなく残ってしまうこともある。煤はきだの、座ぶとんの縫い直しだのということは片付けやすいが、お金は片付けにくいことが多いし、義理や仕事も仕残しになりやすい。お金のことは、戦前にはへんな習慣の人もいて、支払うのに苦しい金ではない身分だのに、きれいさっぱり全額を支払おうとはせず、端数だけをどうしても引残りにする。

当人にいわせると、引残りは縁をつないでおくためだというが、そんなのケチくさいとおもう。もっともそういう私は年中ピイピイだから、引残りさえこしらえられないケチさかげんだ、といわれれば一言もない。やはり金の潤沢な人と乏しい者とでは、支払いの始末もつけかたが違うのだと思う。

ものの始末とか納まりとかいうのは、本当は、その事に手をおろさない前に、あらかじめちゃんと見通しがつけてあり、そして始末をつける段になって、思った通りに平滑におさまるのが、先ず上乗《じょうじょう》[1]だろうか。見通しのようにいかないにしろ、無理のない落着へ導くのは二位かもしれない。夢中で買物はしたが払えない、やみくもに仕事ははじめたが、思いがけない結果になってよわった、困ったというのでは未熟も未熟、下々の下というわけである。私は雑文を書きはじめたとき求められるままに、自分はこんなふうに家事を躾けられたということを書いた。

これが納まりがいいとはいえなかった。まったく思いがけない思いちがいをされてしまったのである。家事に熟達している人と思いまちがえられたらしく、従って家のなかもきっちりと整っていて、行儀は正しい、みじまいは崩さぬ、挨拶は届くというように、実物より数等上等に誤り思われたようである。それで思いがけない始末に慌てて弁解すると、相手はそう思いこんでいるのだから、聞くものではなく、まあご謙遜を、などという。いたたまれない恥しさだった。よく誤解されるのもらくなものではない。どうしたら事態を好転させうるかと惑った。こういう時、古い記憶のなかに光が見つかると、ほっとする。

かつて、もし身をかわすひまもなく、心に弾を投げられたら、どうするつもりかと問われて、答えられなかったことがある。素直に貫かれるか、はじき返すかそのふた手より他ないじゃないかとからかわれて、むっと腹が立った。だが、からかわれた不愉快さがうすれると、なるほどそうかと納得した。貫通銃創をうけてからだに穴があいても、そのまま生きていればそれでいいのだし、弾をはじくほど固い防ぎがあればそれでもいいし、要は、うたれれば必ず死ぬものと思いこんでいるのが愚劣だ。ということかと解釈したのだが——それを思いだしたのである。

それで、その後は家事の達人のようにまちがわれて汗をかいても弁解などせず、さりげなくおとなしくしている方法でしのぎをつけた。貫通法である。実に効果の遅い、じれったい方法だが、のろのろしているうちに世の中が進歩して家事もすっかり変ったから、このごろやっと達人をのがれて、安らいだ次第である。やみくもにしたことの後始末に十何年もかかったわけだ。

年末多忙短日は言わでも知れた毎年のこと、そこまで押されてきてから、何ごとによらず引残りはつくりたくないと思うのも毎年のこと、後始末はむずかしい。

（一九六七年　六十三歳）

註

1 〔上乗〕上々。期待を上回ること。

雪——クリスマス

明治のむかしに、植村正久先生や内村鑑三先生[1]がキリスト教の伝道をはじめられた頃は、クリスマスはどんなふうにして祝われていたろうか、と思うのである。

たぶんその頃は、樅《もみ》の木を扱う花屋も、モールやガラス玉の飾りものを売る店もなかったろうから、教会でも家庭でも装飾はごくささやかで、信仰中心のつつましい祝日だったろうか、と思われる。いま街へでてみれば、軒並の商店にクリスマス飾りが溢れているが、子供のなかにはクリスマスとは、雪とトナカイとサンタさん、それに大売出しとプレゼントとデコレーションケーキ、という配列でおぼえていて、キリストの降誕《こうたん》は知らない、という子もたくさんいるという。まあそれも、いずれは中学までには知るだろうからいいけれど、いまのこの賑《にぎ》やかな降誕祭風景を植村、内村両先生はどうごらんになるだろうか。

私のうち一族は明治の終り頃から大正にかけて、クリスマスには親類中親子ぐるみで集り、談笑し、会食し、子供たちにはプレゼントがある、という習慣があった。おじいさんという人が一時キリスト教だったというからそのためか、あるいは叔母たちが早くに、留学の外国生活をしているから、それでクリスマスがもたらされたのか。とにかく信仰はないクリスマスだが、伯父叔母大人たちが一緒にうたってくれる合唱の楽しさ、日がくれて別れ別れに帰るときの残り惜しさなどは、いまも懐しく想出《おもいだ》される。

次いでは女学校のクリスマスである。信者の母が選んでくれたのが、ミッション学校だったたからである。そのうち今度は自宅のクリスマス。母の発案で週に一度、近所の子供のために牧師さんを招いて集まりをするようになった、そのクリスマスの手伝いをさせられた。私は子供たちに歌やおはなしを教える役だった。

子供のなかに幼ない姉弟がいた。見るからにひ弱く、かぼそくて、いつも暴《あば》れん坊どもを避けるように、ひっそりと二人ひとかたまりに庇《かば》いあっていた。私はこの子たちにも役がつけたかった。二人は地味で静かな歌を選び、みんなの前でうたえることが嬉しそうだった。二人の声はそのからだのように、かぼそくひ弱だった。

当日になった。プログラムが進んで姉弟の番、案じた通り、声は小さくてとおらない。まわりは笑ったりヤジったり。行儀よく寄り添って立った姉と弟は、あって無き如くにされながら、平然ときこえない歌を歌い続けた。いつもは青白い顔が、上気して赤くなっているのがいきいきと、いじらしかった。

とりはねぐらに　ひとは家路に
かえるゆうべこそ　いと静かなれ

ついに騒ぎ屋たちは呑まれて、しんとしてしまった。ほんとに細い声が澄んだ。大拍手だった。私も強い印象をうけた。二人並んで、ぴたりと目を動かさずに歌い続けた。その動じない態度は、いったいどこから来たものか、という思いが解けなかった。きっと姉弟は、周囲の騒音は耳に入れず、自分の声だけがきこえていたのだろうと思うのである。大勢のなかにいて自分の声を失わないのは強い。以来、クリスマスというと私には、細い声がきこえてくる。

この秋、ふっとこの姉さんのほうが電話をくれた。あれ以来の十何年ぶりにきく声が、受話機を伝ってきた。名をきかなければとてもわからないくらい、その声は厚味が整ってひ弱さなどきれいに拭い去られていた。昔のものがそこなわれずに残っているのも嬉しいが、昔のひとがよりすぐれてあらわれれば、その楽しさ倍である。

年の暮れもクリスマスをすぎると、ぐっと慌《あわ》ただしい感じになるし、寒さも身にしみる。今は気候が、昔よりずっとしのぎいいようにおもうのだが、記録の上ではどうだろう。いまはすき間風のこないコンクリート建築、部屋の暖房、台所には給湯設備、衣料は軽くて温かいし、一寸《ちよつと》出るにも乗物があって、寒さに曝《さら》されなくて済む。ここを考えると昔の寒さというものは、生活条件の悪さ故に蒙《こうむ》った寒さ、という気がする。そんな時代にさんざ寒い思いをして、大損をしたようにも思うが、またいのちながらえて昭和四十一年の恩恵にもあずかれたのは、大仕合わせだともおもう。老いては寒い目にあうより、あたたかく暮したいのである。

みつごの魂というけれど、私はいまでも雪が降るとうきうきする。子供だけが雪を好くものではない。降りだすとすぐにあたりの景色がまるで変ってしまうおもしろさは、私にはたまらなくたのしい。

戦後のことなのだが、働きざかりの男のひとがいた。商売をしくじって、大晦日に女房子供をすっぽかして、海のそばのきたない宿屋へ逃避した。窓から暗い海をみれば、漁船の灯が点々、小さい灯台が間遠《まどお》に光りをまわしていて、侘《わ》びしさこの上もない。そのうち雪になった。いよいようらぶれてきて、目は冴える。とうとう船の灯が岸へとかえりはじめるまで、ぼんやりと闇をみつめとおして、横になった。翌朝は真白き新年で、海岸にも往来にも人はなく、雪はまだよごれていなかった。それを見ていたら気持が改まって、人の踏まない先にこの雪を踏んで帰ろう、という気になったそうな。これは奥さんからのまた聞きだが、また聞きゆえに情感が濃い。

よく雪の日に「わるいものが降りまして」という。けれどもこの場合は、雨では片付かない。いい時にいいものが降ったのである。雪はつめたいものだけれども、ふんわりとほの温い感情もみえる。

さて、今年もいよいよ終るが、一人住みは気楽である。煤払《すすはら》いもぜひにとは思わないし、正月料理もねばならぬものとは考えていない。そういうことは若いときに、うんとこしょとつとめあげたから、いまはもういいのだ、と自分で自分を放免している。それでももし多少とも改まろうとするなら、時計のガラスでも拭いて、行く年を惜しめば足りる。

でも、ならば大年の夜は、更けて雪にでもなってくれたら、私としては申分ないのである。

（一九六六年　六十二歳）

註

1 〔植村正久先生や内村鑑三先生〕ともに明治・大正期のキリスト教指導者。植村は、露伴の父・成延の洗礼、露伴の八代との再婚のキリスト教式の挙式を司った。

新年の季感

幼い子の心にしみたことは百歳までも残るといわれるが、ほんとにそうかと思う。手拭と足袋と履物とはばかりの窓へ置く小さいお供《そな》えとが、小さいときから私にしみている新年である。

新年早々けちくさいことばかり並べたと思われるだろうが、もちろん羽子板も羽根もあって、幼いときの新年の楽しみが便所のお供え餅と手拭と下駄と足袋だけだったわけではない。双六やお菓子や蜜柑の楽しさは、それはそれでまた別の新年の季感として残っているのだ。双六や羽根は楽しいものという残りかただし、手拭と下駄は楽しいというのではなくて、新年の改まりという思いが強かった。羽根や双六は新年でなくてはしない遊びなのに、かえって新年の改まりの感が薄く、手拭や下駄は一年じゅういつでも新しくおろせるものなのに、かえって新年の角張った改まりかたが身にしみたとは、おかしなことだ。これは手拭や下駄で「家族がみんな一斉《いっせい》に新しい」という点で、そんな改まりが感じられたものらしい。

子供は元日に起きて、いい着物を着る。ちょっと改まることだが、大して改まりはしない。なぜなら新しくはないからだ。よそ行き着というだけのことで、実はたびたび手を通して承知の着心地なのだ。和服は調法で一枚の着物も肩あげ・腰あげで調節すると、背たけが伸びてもそれにしたがって何年も着られるのである。私のうちでは調節式で間に合せていて、年ごとの新調ではなかった。新しいのは足袋なのだ。こはぜが光っていて、底布がつっぱっていて、ぶかぶかのような窮屈のような変な気持の新しさだった。着物を着かえて、つぎに子供は顔洗いに行く。内玄関には新しい下駄が揃えてあった。一家じゅうの新調といえば威勢がいいが、ふだん履《ばき》だから板目というひどい桐で、安いのだ。鼻緒が私には赤、弟には紺、母は青、女中さんは紫。父の下駄は竹の皮鼻緒の庭下駄だった。安上りの総新調だった。安上りでもなんでも新しいのがきちんと整列していると、いかにも新年の感があった。鼻緒がきつく、桐の台がぎごちなく平ったくて、足袋と下駄とで中の足まで調子が違ってしまった感じがある。新年の改まりかたただった。

つぎに井戸端へ行って顔を洗う順序だ。手拭である。そのころの手拭は藍一色の図柄で、母の心づくしから私には花の柄、弟には竹とか松の柄というように、子供の気に入るような選みかたがされていた。井戸には輪飾りがしてあり、手桶も柄杓《ひしゃく》も新しく、ついでに氷も新しいのだ。というのは、さきに誰かの使って流した水がすぐ流し板のはしから薄氷になるのだった。子供だから若水《わかみず》[1]なんていう感じはわからなかったけれど、新氷はたちまち遊びたくなる対象だった。その井戸端で糊のごわつく新手拭を使って顔を拭くと、まさに肌なれていない新しい触感があった。改まった新年の威厳のようなものがあった。

一斉《いっせい》にするということは、ある楽しさがある。一斉の安らかさもある。新年は世界じゅうの一斉で、門松は日本の一斉の風習だったし、私の場合、手拭と足袋と下駄は一家一斉だった。一斉の改まりはいいものにちがいないのだ。が、なんというむずかしさだろう。門松の存続・廃止については毎年のように論があるが、その善悪は別問題にして、一斉の門松にどれだけの感情感懐が払われてきたかと思うと、女だけのことで考えても相当なものである。軒並五尺の松があるなかに一尺の小松は、家の表側にあるものだけに苦しいのである。一尺の小松で平然と楽しくいろというわけには行かぬ。家族を含めてその人の、心境如何《いかん》による問題なのだ。下町では甲乙なく一斉の笹竹と小松に揃えているが、その一斉の内側でも実は財布の中味にでこぼこのあるのは知れている。一斉の美しさ安らかさ、一斉の不都合さ哀しさ、――一斉にはよかれあしかれ威厳がある。手拭や足袋や下駄が双六や羽根とは別な新年感をもって幼い心にしみたのは、当然といえば当然かもしれない。恥かしいが私はその当然を、雑文を書くようになってからやっとこれだけわかってきた思いである。

いまははばかりへお供え餅を置く人はないとおもう。直径一寸ほどの小さいお供えを、むかしは敢《あえ》てあそこの小窓へ置いた。はばかりの神様へ供えるのだという。はばかりを大切な場処として考えている証拠だが、それは意識であって、実際は台処とともにあそこは家のなかの「劣りたる場処」であった。狭いくせに柱ばかりは四本もあって、頑丈なくせにきたない場処、そこの小窓。そこに供えられるお餅はかわいくて、かわいそうだった。十一日のお鏡びらきの日には、床の間の大きいお供えはいうまでもなく台処や玄関の小さいのもみなお雑煮にして祝い納められるのに、あそこのだけは捨てられる。捨てるその役が、小さい私の役だった。一斉の一つなのに一斉から外されるお餅に、強い新年感があった。

（一九五八年　五十三歳）

註

1 ［若水］元日の朝に初めて井戸から汲む水。神棚にお供えする。

過去をきく月

わたくしが小さかったころ、学校の読方《よみかた》やつづりかたの時間には、手本文というのをしばしば習わせられたものでした。かれこれもう五十年も前のことです。そのころの子供はかわいそうなもので、綴方《つづりかた》も文語文、口語文——これを「である体」といいました——、候文《そうろうぶん》の書簡文と、こう三種類をさせられるのですから迷惑でした。先生もくり返し繰りかえし「なりと、であると、ございます、、、、、候とをいっしょくたに使ってはいけない」と教えてくださいましたし、生徒たちも一生懸命に先生のその言葉はよくおぼえたのですが、どうもいざ作文となると、うまくなくて叱られました。「しょうがないなあ、どの子もみんな頭が悪くて」と何度も何度も叱られました。その度に教室はしいんとして、私たちは頭の悪いのをひけめに思いました。素直なものです。

あとで大人になって考えれば、あんなに頭がわるいといって叱られることはなかった、と思うのです。教えられたことを「みなおぼえたからこそ、みな使用してしまった」のではないでしょうか。私たちの頭は特に優秀ではなかったでしょうが、あんなに叱られるほど悪かったわけでもあるまいと存じます。「学校は大好きである。おもしろいことがたくさんあるからなり。このあいだのコン虫の実験のときも、おもしろかったのです。羽をかぞえたり眼玉をしらべたりしているうちに、たっちゃんが虫のおなかをつぶしたので、うんちみたいなものが指にくっついた。たっちゃんはいやがって手をふるいました。そしたら隣りのれい子さんのほっぺたへうんちがとんだんだけど、れい子さんは知らないですましているから、おかしくて笑ったら、れい子さんがおこりだしてけんかになり、先生がどうしたのかときいたので、私がわけを話してやったら先生は、みんなのうんちがくっついたのではたいへんだけど、虫のうんちなんかきたなくないから大丈夫だ、とおっしゃいましたので、みんなは愉快になった。こういうように学校は愉快なるところにて、みなみな幸福に過し居り候。まずは御しらせまで」と、まあこんな綴りかたを書いたのです。叱られるほどのものではないと思います。

なげき、じれったがった先生が、もちろん悪いのではありません。子供たちの頭もまずはなみだし、学習態度だってそう不まじめではなかったのです。それだのに何故、叱り叱られるお互に迷惑な状態が生じたかといえば、あんまり習うことが多すぎたからです。なみ製の頭に教えるのは、多過ぎては迷惑になるのです。一つで結構なのです。欲張りでないのが、なみ製あたまの性格というものです。その証拠といってはへんですが、いくつか教えられた手本文の、文語も口語も候も、私には殆ど何も残っておりませんで、たった一つおぼえたのが季節ということなのです。その手本文には、暦の上に秋はたてど、のこる暑さのきびしく云々《うんぬん》、とありました。ただ読んだのでは少しも感心しませんが、先生の説明をきいて合点しました。「これは暦の季節と実際の季節のくい違いをつかまえて、巧みに残暑のくるしさを浮き上らせていますが、立春にも応用できる作文です。暦の上は春になったが、余寒きびしく、といえます。だが皆さん、気をつけて下さい。夏と冬はだめですぞ。暦の上に夏は来たが、残るほのぼのとはいえない。冬もその通り。残る涼しさなどと書けば丙や丁よりもっと下だ。」身にしみました。立春にも応用、とみなまで聞かず、私の頭には丙丁以下の応用がひらめいていたからです。

二月。二月は声をきく月です。何の声をきく? そう、木がらしの声、氷雨の声、柱のひ割れる声、そして鍋の煮える声。二月は派手でない月です。一日を終えてくつろげば、木がらしのひまにきこえるのは、恥かしく懐しい自分のむかしの声です。二月は過去をきく月だ、と私は思うのです。

霜

二月は、一年じゅうでいちばん寒く、つめたい。毎年のことながら、毎年そうおもいつつ暮す。若い頃にも二月は相当こたえたけれど、いま老いればまた年々、身に深く二月のきびしさがしみる。二月のことをきさらぎというが、これは寒くて着物を更にかさねて着る意だという。近来暖房具は便利なのが行渡《ゆきわた》って、うちのなかでは着重ねるほどの寒いおもいもしないが、朝ごとの白い霜をみるとやはり、きさらぎの月なのだとおもう。

雨は、降るという。雪は、降る、舞う、落ちるという。霰《あられ》や雹《ひょう》は打つ、露は結ぶ、氷は張る、霜はおりる、置くという。どれもみな神経の行届いた言葉使いで、実にうまいし、美しい。霜のおりる、置くという言い方など、私はほんとに好きだ。おりるには微妙な速度があらわされているし、置くには静かにそっとした、がさつでない趣きがある。霜の出来かたただの形状だのを、よく言いとらえているのである。われらの先祖はまったく上手に言う才能をもっていたもので、今さらながら感じ入ってしまう。字引をみると霜は、多く晴天無風の夜、気温が氷点下にさがる時、空中の水蒸気が地表に接触して凝結し、白色の細氷を形成したもの、とある。おりる、ということばはまさに当っているし、地表の細氷なのだから、置くというのもこれ以上ないしっかりした言いかた、そしておもしろい言いかただとおもう。

霜は短いいのちで、朝日に逢うまでのものである。地表にうすく敷き渡すといった程度の、はかないようなものなのに、これがずいぶんはげしい力をもっている。霜は、しぼむ、の意があって、草木を凋落《ちょうらく》させるもの、というように考えられもするという。霜にまとわれた草をみると、霜の力はよくわかるが、草は凋《しぼ》み、萎《な》え、うつぶして、もはや動けぬといった、降参の姿をしている。

すすきや萱《かや》などは多年生で強いものだが、霜には萎えて枯れる。まして柔らかい葉や花は、ひとたまりもなく傷んで、あわれをさそう。晩秋の霜には露地の小菊の、白はとき色やうす紫に、黄は赤茶に色をかえて哀しく、歳末の霜には畑の白菜がへたへたとうらぶれてあわれ、梢に残った柿もついに形を崩して赤くついえる。厳冬二月はもう萎えるものは萎えつくして、霜はほしいままにぞっくり、ぞっくりと地に柱をたてて、土をさえひしぐ。

しかし霜の威力も、悪いばかりではない。霜をくぐった野菜は、やわらかくなり、あくが薄れておいしくなる。ほうれん草のあの金《かな》くさいあくや、どこか舌に素直でなさの残る味が、霜にあえば消えてしまう。あくが消えるだけではなくて、味が乗ってくる。ねぎもそう、霜の季節のねぎは、さわりといい味といい、どんな下手が料理しても、無類のうまさを証明する。霜はものを損うようにも見え、またものをよくするようにも思われる。

霜に萎え、いためられたものの姿には、感情がある。白い小菊のうすあかく染まったのにも風情があり、かたい萱の葉のしおれ伏したのも心を惹く。

霜をしのいだものは、魅力を貯えている。あくがとれて、味の力をふやす。私は霜を経てきた野菜をみると、感情をもち、魅力を感じる。霜にふるえるくせに、霜のおりたものなどにさわりたくないと思うくせに、多分きっと私はどこか、霜にひかれるところがあるのだろうと思う。それはもしかすれば無意識のうちに、自分のあくをもてあまし、あく抜きをしてもらいたいといった願いがあるからかもしれない。

（一九六八年　六十三歳）

ねぎ

二月は凍る月。なんでもがみんな氷に気押《けお》されて、しいんと静まっている月。それだから、ものの音が冴えてきこえる季節なのだ。

二月の台所の音に気をつけよう。台所にはいつもかなりな音がしているものだけれど、煮炊きをしているそのとき、女たちはたいがい煮炊きだけに夢中になっていて、自分のたてている音に気がついていない。音なんかたてていない、と思っているひとさえいる。

台所には火と水と刃物がある。どれもおろそかにできないものが揃っているわけで、そのなかで働けばのぼせるのである。まして、きょうはすこしおいしくしよう、などと気を張ればかあっとして、自分のたてている音がどんなものか、まるでわからないのである。

自分は知らないからいいようなものの、あいにく音というものは誰彼《だれかれ》かまわず、きこえるところへは何処《どこ》へも聞こえてしまう。気をつけないと、二月の台所からは、かなりきまりの悪いような未熟な音が、わるく冴えてきこえてくる。鍋のふたの音ひとつにも、滑稽な慌てや不機嫌な苛立ちが、おどろくほどよく響いてくる。

上手なひとが刻みものをしている音をきくと、いかにも刻み整えているといった正しさがあるし、火加減のいい揚げものの音には、いかにもたねが油の表面へ浮きあがってきた軽さがきこえる。冬は鍋のものがどこの家でもはやるが、厚手の鉄なべへ好みのものをいれれば、やがてことことと煮えてくるその音のおだやかさ、食事とはこう始まるのが本当なのだ、といった感がある。食事ごしらえからはいい音がきこえてくるようにしたい。

ねぎの好きなお宅があって、すきやきというと必ず先ずねぎなのである。子供には子供の、大人には大人のからし醬油が配られる。ゆっくりと火加減なべ加減をはかると、たっぷり油を溶くじゃっと勇ましい音がしてねぎがはいり、主婦の菜ばしは銀のタクトのように光る。すきやきの前にひとわたり、辛子醬油のいりねぎをたべるというだけのことだが、それがおいしい。

「みんなで私を笑うのよ。母さんはねぎをいれるとき気取っているって！　気取りはしないけど、でもあれはじゃっと、景気のいい音がするでしょ！　ひとりでに間《ま》をはかるんだと思うわ。いわば、うちじゅうのおいしさの、きっかけみたいな音がするんですものね。」二月はものの凍る月、音のたつ月である。

（一九六〇年　五十五歳）

雪の匂い

農村で私は育ったのですが、農村で育つのもいいものです。思いもよらないところに、町育ちでは全く得られないよさがあります。

田舎の子どもは、知るともなく自然に、土の匂いというものを知っているとおもいます。鍬《すき》を使っている親のそばへ行けば、鍬のひと起こしごとに土が匂っています。いわば、耕された良き土の匂い、とでもいうものでしょうか。しかし、同じ人が同じに耕していても、水気の多すぎる畑や日当り風通しの悪い畑は、違った匂いがするのです。私は育ちが農村でも、家が農業でなかったので、それほど土の匂いを敏感にかぎわけることはできませんでしたが、それでも土には匂いがある、ということを知っていました。

はたち過ぎに東京の町へ引越しました。たてこんだ家並のなかの、せまい家でした。椽《えん》の先に、畳二枚ほどを横ながにしたくらいの地面があって塀です。お天気がよくても日は届かない地面なのです。帚《ほうき》をあてると、それでもその土は匂いました。好ましくない匂いでした。豊饒を約束する匂い、ではありませんでした。土一升、金一升とかいう東京だけれど、なんとまあ貧乏くさい匂いの土なのだろう、と思いました。

海へ行くと磯のにおい、山へ行くと山の匂いがあります。海へ行っても山へ行っても、その匂いに気付かないのか、気付いていてもなんとも思わないのか、ひと言もいわず、けろりとしている人がいます。私は自分が磯の匂い、山林の匂いで大喜びするのは、もしかしたら、子供の時に鍬で起こす土の匂いをおぼえたせいで、以後こういう感動がもてるようになったのではないだろうか、などと思うのです。そんなことはこじつけの笑話にすぎませんが、ただ、鼻のよろこびが多いというのは、少ないのに比べては、どんなに仕合わせかしれないことは確かです。

天から降ってくるものには、香りがないと思います。自分自身に匂いをもたないものだからこそ、逆にものの匂いを際立たせると私は思います。

近年は雪が少なくなりましたが、私の子供の頃には足駄《あしだ》[1]の歯の埋まる雪がよく降りました。学校から帰って門をあけても、犬が迎えにきません。老犬なので無精をして、小屋の中で横にねたまま、尻尾だけぱたぱた振っているのです。のぞいてやると、待っていたというふうに起きかえって、よけい尾をふりますが、えらく犬くさいのです。それから内玄関をあがって、仕切障子をあけるととたんに、ものの煮える匂い、多くは切干大根とか、大豆とかいう乾物野菜を煮る匂いに出逢うのです。内玄関は台所の隣だったからですし、雪の日はこもりかたが強いのでした。

ですから、雪は犬と切干大根の匂いだ、と思うのです。先年、冬の北海道へ行きましたが、雪にぬれた犬は矢張り、えらく犬くさくてかわいく、一歩家の中へ入ると、ものの煮えるおいしい匂いがこめていました。

三十五年くらいの落葉松の深い植林で、大夕立にあったことがあります。かくれ場もないずぶ濡れで、仕様ことなしにじっと立っていると、ふわあっとあたり一面になんともいえないいい匂いがしてきて、脳が冷えたというか、胸が軽くなったというか、非常に爽快だったのです。松の匂いだと思うのですが、立樹そのものからなのか、何年も積っている落葉からなのか、それともあれが山気というものなのか。その後も海岸の松林の雨などに逢っていますが、あの匂いはこれ迄の一生には一度しかないものでした。夕立が私に贈ってくれた匂いなのです。

それにひきかえて、情ない匂いをくれることもあります。ひでり続きの折の夕立雲でした。降ってこない先に、今か今かと待っていたのです。そこへぷつぷつざっと降りだしました。さぞ爽やか、と思ったのが違って、日々夜々の都会の埃が、むうっと臭かったのです。

風こそはよく匂わせるものです。私の庭にほんの少し鈴らんがあって今年も咲きました。静かな午後で、ガラス戸をしめて本をみていたところ、頁を繰ったら匂うのです。鈴らんなのです。開いた本の、頁と頁のあいだのくぼみに訪れていた匂いだとおもいます。些細《ささい》なことですが、気持はうれしくなります。あるというほどの風もなく、けれども見ていると、伸びたてっせんのつるの先が動きます。ありやなしに空気が流れているのです。それに乗せて、この小さく白い鈴型の花は、やさしい届けものをよこしたのでしょう。

いい匂いのある一方には、わるい臭いのあるのも、仕方のない世の定めでしょうが、思いがけない時にいい匂いに逢うと、私は福を感じます。

（一九六三年　五十八歳）

註

1 ［足駄］歯と鼻緒のあるはきものの総称。

木の雪

近年だんだんと雪が少なくなっているという。越後や北海道のような名代《なだい》の雪どころも、降雪量が減っているのかどうか知らないが、東京ではたしかに雪のたのしさが少なくなったようだ。交通には不都合だし、降ったあとの寒さにも閉口するけれど、子供のために冬中二三度の、いい雪がほしいとおもう。天から降ってくるもののなかで、雹《ひょう》だの霰《あられ》だのも子供は喜ぶが、雪の興奮はまた別だ。「雪が降ってきた」というとやたらと駈けたり騒いだりして、決してうちのなかへ入りたくなかった自分の幼い日のことを思えば、やはり今の子供たちにも雪の日があったほうがよかろう、などとままならぬことを考えたりする。

雪を着た庭木を助けてやるのが、私の子供の時の仕事だった。手頃な竹竿をもって行って、軽くとんとんと払ってやると、枝は雪をふりおとして起きかえる。それは何ともいえない仕甲斐のある、楽しい仕事だった。たたく竿の先から、積もった雪が滝になってさあっと落ちると、叩きもしなかったよその枝からも滝がおちる。それがどんなに嬉しかったか。だからへんなふうな計算で、雪と木をつないで合点していたのである。つまり松の木は雪をたくさん持っていて、桜の木はすこししか持っていない。椿やもっこくには丸っこく積もって、けやきは枝々へこまかく積もらせる、といった具合のおぼえかたをしていた。いちばんどっさり雪をためるのは椎の木で、貧乏なのが桐の若木だった。ささ竹はじきに突伏してしまうものだけれど、たたいてやると幾度も幾度もお辞儀をしながら起きるのがおもしろい。こんな仕事は、用といたずらの間の子みたいなもので、子供に気に入るのである。——老いてふり返れば、こんな想い出のあることはまったく宝である。雪の庭へぽこぽこと足跡をへこませながら、木の枝を叩いてまわっていた時には、ただ面白いというだけでそれが四十何年もの後まで、楽しさを伝えるとは思わなかったのだから、雪の力である。

　二十二三の頃四十日ほど病んで、病後を父に連れられて修善寺へ行った。二月の寒い日で、汽車のなかから雪になり、旅館の玄関は白かった。庭には軒ちかく美事な梅の老樹があって、花は五分咲きという見頃なところへその雪なのだ。病後で感じやすくなっていた上へ旅の感傷もあり、心うたれる美しさだった。かばってやりたいような、はらはらする美しさだった。途中で見た孟《もう》宗《そう》へ降る雪もよかったが、梅の花こそ雪の最中に見るものという気がして女中さんに賞めていいった。すると女中さんが笑って「そんなにいって頂いてさぞ庭番さんが喜びましょう。うちの庭番さんは、この梅をほめられるのが張り合いで、一年じゅうの苦労な世話をするのだ、とそりゃもう自慢話をはじめたら、一時間でも二時間でもしゃべりますよ」といった。笑いものにして話されても、私にはいたましくきこえた。それ以来、梅の老樹でたくさん花をつけているのを見ると、見惚れはするがなにか哀しく雪の夕方をおもう。

私は子供を一人しか恵まれず、その娘は昨秋縁づいて行った。どの母親もおそらく同じ経験をすることだろうと思うが、縁がきまったとなるとしきりにその子の幼なかった日のあれこれを思わされた。学校へあがろうとする冬だったから、七つだったとおもう。一緒に榎《えのき》のお花見をしたことが忘れられないのである。その日、かなりな雪だった。町なかの庭の小さい家だったから、それに頑丈でない子だったので、ガラス戸越しに雪を楽しがっていたが、やがて夜になった。ところが夜になって御飯をたべていても、外の雪が気になって落付かない。雪、どうなったかしら？とばかり訊いているのである。「大きい木に積もったかしら？」という。前の道路のまん中に榎の大木があるのだ。私は自分の幼い日を想って子の心を思いやり、二階の雨戸をあけスタンドを二つ点じて往来へ向け、榎を照らしてやった。榎は全くいつもの榎ではなくて、それこそ万《ばん》朵《だ》の花といった桜の盛りに見えて、すべての小枝の先にまで白いふわふわをつけて立っていた。

雪の夜路は榎のところだけ明るく、私は見惚れつつも多少粋興すぎるのを気にしたが、折柄《おりから》顔見知りのおまわりさんが通りかかって、「やあ、お花見してますね」といってくれた。

雪を着た木はいいものである。

（一九六〇年　五十五歳）

註

1 ［万朶］多くの枝。

1955年２月８日　小石川の自宅にて。
撮影・岩波映画製作所　協力・岩波映像株式会社

あとがき

青木玉

祖父は志を立てて文学の道を歩んだ人だが、母は、その父を看《みと》りおおせた後に、文章を書く転機を得た。自分で選んだ道ではなく難渋したが、持前の明るい性格と独特の気力で、やがて母自身の文体が形づくられていった。

五十代に入ると視点がぐっと深まり、選ばれた言葉は、ぴたりと納まり、もし字数の都合などで差し替えを求められたとしても、そう都合よく他の表現で調整をすることは難しかろう。

今までも母の書いたものを読んでいながら、改めてここまで書き込まれていたかと、切ないような、嬉しいような、胸に込み上げるものがある。

　或る春の陽の光を受けて小でまりが咲きはじめた。母はその丸い小さな花の集りが、細い枝の緑の葉の上に、ふわりと乗っているのが、何とも気に入って眺めている。明日にはその白さがくすむのは避けられない。今日の光に浮び、暮かけた淡いかげりにふわりと浮いて見える白い球を愛しい思いで見つめているのだ。

　秋ぐち、僅かに気温が下り、手に触れた腕時計の、掌《てのひら》にくるんでやりたいような冷たさや、たなごころに受けた化粧水の一瞬の冷たいさわやかさなど、人にふと情を持たせる冷たさを見逃さずに、心に留めている。そしてなお、郊外のバス停の側の草藪にからんだ蔓草は黄色にもみじして、小さなつやのある瑠璃色の実をいっぱい付けていた。バスを待ちくたびれて、しゃがんで待っていると、何か音がするような感じがする。かといって、すぐ何の音と思い当るほどの音ではない。しばらくして、ふと蔓草の実が一つまた一つ落ちる音と気付いたのだ。それは実が落ちた音なのか、廻りの葉に触る音なのか、それを聞き分けかねるほど密やかな音である。この音を母は一体何時、何の時に聞いたのだろう。秋の気配の中で、あるか、なしかの音が耳にしっかりと聞き留められている。

ここに書き出したものは、母の伝えたい中の極く一部分でしかないが、私の目ではとても捉え切れない境地である。母は自分の好む方法で、感覚を鋭く研ぎ澄まして、物の芯に迫りたいという思いを持っている。自分が小さい時から馴れ親しんで来た身近な自然、樹木や鳥や家畜などの小動物と楽しい接触を持ち続けたい望みを持っていた。

それよりも、もっと身近に、日々訪れる季節の移り変りに母が気付かない筈はない。季節が動くのに先駆けてその兆《きざし》を待ち受け、その盛りを時に合せて楽しみ、終る時の名残りを目に止めて、再びめぐり来る時に備える気持ちを持つならば、新たに迎える季節のそれぞれを、落ちなく迎え入れられることであろう。いわばその年の贈り物を余さず迎える細やかな思いがあって、はじめて花の姿を、音にならない気配でもつなぎ止められるのだ。

その細やかな思いで、はじめの「蜜柑の花まで」を読むならば、ゆるく舞い降りる雪とそれを待ち受ける一掬《いっきく》の酒、雪とお酒の相性のよさを懐しむ、自身は下戸の母の顔が見え、その向うに初しぼりの盃に紅梅を浮かせて楽しむ祖父の姿があり、雪に見まがう花吹雪の庭には、若くして逝った、三人の子供達の母を惜しみ、一人酒を酌む当時の祖父が住んでいた向島蝸牛庵の佇まいがひっそりと滲《にじ》んで見える。

一転して藤の花房の美しさに我にもあらず引き付けられる不思議もあるが、地しばりという小さな草がべったり生い茂り、目の届かない所で動くような錯覚を起す話がある。これと全く関係は無いが似通った気味の悪さに出逢った記憶がある。

富士山の麓の御殿場へ、祖父が避暑のために貸別荘を借りた時のこと。学校の夏休みを待って、母と一緒に行った。祖父は母屋、母と私は離れで寝起きした。昼は母屋で過すが、足を崩すことは叱られる。祖父の目の届く所は気詰りでかなわない、早く夜になれば離れで母と一緒に居られるのが何より嬉しかった。行った翌日の晩、部屋に入って間もなくだった。凄い羽音を立てて黄金虫《こがねむし》が飛び込んで来た。驚く間もなくつぎつぎ飛んでくる。あちこちぶつかるし部屋中を飛び廻って、蚊帳の中にいても落ち付けない。とにかく電燈を消して、シーツを被ってようやく寝たが、翌朝、夜が明け切らぬうちにカナブンは再び羽音を立ててぶつかりながら出て行った。床の間の脇の板の透き間からカナブンが出てくることは解ったが、釘も金槌もなくてはどうすることも出来ない。このことが祖父に知れると、母屋で夜も寝ることになってはかなわない。母と作戦を立てた。カナブンは飛んで来て、先ず蚊帳に止まる。そこを思い切り指で弾くと天井へぶつかって目を廻して落ちる。それを塵取で集めてバケツへ入れ金盥《かなだらい》で蓋をする。母の指の力は強く一発で大きなカナブンも天井へ激突した。私は落ちたカナブンをせっせと拾った。最高は一と晩、四十七を数えた。東京へ帰る前日、家の廻りを散歩して唐もろこしやトマトの植えてある道を曲った角で母も私もぎょっとした。茄子くらいの高さの植物が植えられた畑は枝も葉もボロ布のように萎《しお》れ切って、そこへ大小恐しい数のカナブンが植物の養液を吸い尽そうとうごめいていた。見る目も辛く、その気味悪さに足は止ったまま動けなかった。「さ、行こう」と乾いた声で母に促され、帰って来た。その夜虫が飛んで来たか記憶はない。今だに青虫毛虫カナブンも集ってもぞもぞ動いているのは、見た瞬間ぎょっとするが何とか手に負えると思えば、殲滅しにかかる気力を維持しているのは、あの時母と共に立ち向う気構を持ったからだと思う。

「早春」という一篇が私は好きだ。都心のどろどろの川べりの宿から見た朝の景色は、明け切らない薄暗さが漂うどんよりした町の裏側から、頬冠りの親爺さんが荷足舟《にたりぶね》を急がずゆっくり操って流れを下ってゆく。ただそれだけのことだけれど、この親爺さんがなかなかの役者で、手堅くそこに絡むバタヤさんとの遣り取りが、二人の関係をろくに喋るでもないが納得させるものが見て取れる。汚れた川を七輪に薪をくべつつ凍てた川風の中を、親爺さんは決った手順で藁だわしのついた棒を河岸の石垣へあてて、力を込めて突っ張り、舟を岸から離す。舟は斜めに川の中心を下流に向う。とその時、朝の太陽がビル上に飛び上ったという感じで光はきらめき、あたりは朝を迎える。見送る母の足は冷たさに紫色にかじかんでいる。汚れ川に乗り出して行った荷足舟は、春近い川を、たった一人の声援を受けたとも知らず舟出して行った。これを福と喜ぶ人は、母の他に無いであろうが、私もこんな人の見ない場景をよくぞ繫ぎ止め得たと、娘ばかはひとしお嬉しく思っている。

私達が過して来たこの百年あまり、振り返れば大きく変った部分もあるが四季の変化はまだあざやかであった。そして母の生きた季節を追って本の頁を繰れば、そこには何かほっと心の和む思いがある。

（幸田文の娘　随筆家）

幸田文年譜

一九〇四年（明治三十七年）
九月一日、父・幸田露伴（本名・成行）、母・幾美《きみ》の次女として、東京府南葛飾郡寺島村大字寺島（現・墨田区東向島）に生れる。この時、長女・歌は三歳。明治四十年に弟・成豊（通称・一郎）が生れる。

一九一〇年（明治四十三年）　六歳
四月、母・幾美が肺結核により死去。享年三十六歳。
秋、隅田川の洪水のため、弟とともに小石川伝通院脇の叔母・幸田延宅へ預けられる。

一九一一年（明治四十四年）　七歳
二月、露伴が文学博士号を受ける。
四月、寺島小学校に入学。

一九一二年（明治四十五年・大正元年）　八歳
五月、姉・歌が猩紅熱により死去。享年十一歳。
十月、父が児玉八代《やよ》と再婚する。

一九一四年（大正三年）　十歳
七月、祖父・成延が死去。享年七十四歳。

一九一七年（大正六年）　十三歳
三月、寺島小学校を卒業。
四月、麴町区（現・千代田区）にある女子学院に入学。夏休み期間中、父から家事全般の教育を受けるようになり、以後、数年続く。また、この頃から、弟とともに横尾安五郎について論語の素読を習う。

一九一九年（大正八年）　十五歳
祖母・猷《ゆう》が死去。享年七十七歳。

一九二〇年（大正九年）　十六歳
四月、弟・成豊が明治学院に入学。この頃から、母のリュウマチが進行したため、文が家事全般をするようになる。

一九二二年（大正十一年）　十八歳
三月、女子学院を卒業し、近所の掛川和裁稽古所に数ヶ月通う。

一九二三年（大正十二年）　十九歳
九月一日、向島の自宅で関東大震災に遇い、千葉県四街道へ避難する。

一九二四年（大正十三年）　二十歳
六月、小石川区表町六十六番地へ転居。

一九二六年（大正十五年・昭和元年）　二十二歳
十一月、弟・成豊が死去。享年十九歳。
十二月、チフスに感染するが、翌月には全快。

一九二七年（昭和二年）　二十三歳
一月、父と伊豆を旅行する。
五月、小石川区表町七十九番地へ転居。露伴は小石川蝸牛庵と命名する。
十一月、露伴が帝国学士院会員に選ばれる。

一九二八年（昭和三年）　二十四歳
十二月、新川（現・中央区）の清酒問屋三橋家の三男、幾之助と結婚、芝区伊皿子（現・港区三田）に住む。

一九二九年（昭和四年）　二十五歳
十一月三十日、長女・玉が生れる。

一九三六年（昭和十一年）　三十二歳
秋、築地本願寺近くで会員制の小売酒屋を開店。この年、三橋本店が倒産する。

一九三七年（昭和十二年）　三十三歳
四月、露伴が第一回文化勲章を受章。
十二月、京橋区八丁堀に転居し、小売酒屋を開店。

一九三八年（昭和十三年）　三十四歳
二月、幾之助が肺壊疽で入院、手術をする。術後、文は玉を連れて実家へ戻る。
五月、離婚。

一九四〇年（昭和十五年）　三十六歳
十二月、幾之助、結核のため死去。享年四十四歳。

一九四四年（昭和十九年）　四十歳
十二月、露伴が腎臓を病む。

一九四五年（昭和二十年）　四十一歳
三月、母・八代が死去。享年七十六歳。
三月十日、東京大空襲。八代が住んでいた長野県埴科郡坂城に露伴、玉らと疎開。
五月、蝸牛庵、空襲で焼失。
八月十五日、坂城で終戦を迎える。
十一月、千葉県市川市菅野の借家へ移る。

一九四七年（昭和二十二年）　四十三歳
七月、父・露伴、死去。享年八十歳。
八月、「雑記」を『芸林間歩（露伴先生記念号）』に、十月、「終焉」を『文学（露伴先生追悼号）』に、十一月、「葬送の記――臨終の父露伴」を『中央公論』に発表。小石川の旧居跡に家を建てて移る。

一九四八年（昭和二十三年）　四十四歳
七月、父の一周忌に池上本門寺に墓碑を建てる。
九月、「この世がくもん」を『週刊朝日』に、十一月、「あとみよそわか」を『創元』に発表（ともに、五〇年、創元社より刊行の『こんなこと』に収録）。

一九四九年（昭和二十四年）　四十五歳
二月、「みそつかす」を『中央公論』に連載（五一年、岩波書店より刊行）。

一九五〇年（昭和二十五年）　四十六歳
四月、談話「私は筆を断つ」が『夕刊毎日新聞』に掲載される。

一九五一年（昭和二十六年）　四十七歳
一月、「草の花」を『婦人公論』に連載。
十一月、柳橋の芸者置屋「藤さがみ」の住み込みの女中となる。

一九五二年（昭和二十七年）　四十八歳
一月、腎盂炎のため帰宅。

一九五四年（昭和二十九年）　五十歳
一月、「さゞなみの日記」を『婦人公論』に連載（五六年、中央公論社より刊行）。七月、「黒い裾」を『新潮』に発表（五五年、中央公論社より刊行）。

一九五五年（昭和三十年）　五十一歳
一月、「流れる」を『新潮』に連載（五六年、新潮社より刊行）。

一九五六年（昭和三十一年）　五十二歳
一月、「黒い裾」で第七回読売文学賞を受賞。同月、「おとうと」を『婦人公論』に連載（五七年、中央公論社より刊行）。
十一月、『流れる』が東宝で成瀬巳喜男監督により映画化。

一九五七年（昭和三十二年）　五十三歳
二月、『流れる』が日本芸術院賞に決定。

一九五八年（昭和三十三年）　五十四歳
七月、中央公論社より『幸田文全集』が刊行開始（全七巻、翌年二月まで）。

一九五九年（昭和三十四年）　五十五歳
十一月、長女・玉が、医師・青木正和と結婚。同月、新宿区下落合の、女子学院時代からの友人宅の離れへ転居。

一九六〇年（昭和三十五年）　五十六歳
夏、小石川に戻り、娘の一家と同居。
十一月、『おとうと』が大映で市川崑監督により映画化。

一九六一年（昭和三十六年）　五十七歳
十月、初孫の尚が生れる。十二月、娘の一家が近所に移り、一人暮らしになる。

一九六二年（昭和三十七年）　五十八歳
六月、「台所のおと」を『新潮』に発表（九二年、講談社より刊行）。

一九六三年（昭和三十八年）　五十九歳
四月、二番目の孫、奈緒が生れる。

一九六五年（昭和四十年）　六十一歳
一月、「闘」を『婦人之友』に、六月、「きもの」を『新潮』に連載（九三年、新潮社より刊行）。
夏、奈良・法輪寺の井上慶覚住職から三重塔再建について聞く。

一九七〇年（昭和四十五年）　六十六歳
四月、法輪寺三重塔再建に関する活動を開始する。これ以降、法輪寺の三重塔再建のために奈良と東京の往復をくり返しながら、各地で講演を行う。ラジオで身の上相談を担当する。

一九七一年（昭和四十六年）　六十七歳
一月、「木」を『学鐙』に連載。

一九七三年（昭和四十八年）　六十九歳
六月、奈良・法隆寺そばに下宿（翌年七月まで）。
九月、『闘』により第十二回女流文学賞を受賞。

一九七五年（昭和五十年）　七十一歳
四月、屋久島に行く。
十一月、法輪寺三重塔落慶法要（参加は辞退）。

一九七六年（昭和五十一年）　七十二歳
五月、静岡県安倍峠の大谷崩れに行く。以後、富士山の大沢崩れ、男体山、桜島などの地崩れ、地すべりの現地へ出向く。
十一月、「崩れ」を『婦人之友』に連載。
同月、日本芸術院会員に選ばれる。

一九七九年（昭和五十四年）　七十五歳
十月、有珠山麓に行く。

一九八〇年（昭和五十五年）　七十六歳
十一月、鳥取砂丘を見に行く。

一九八一年（昭和五十六年）　七十七歳
二月、能代の砂防林を見に行く。三月、奈良の月ヶ瀬へ梅を見に行く。

一九八二年（昭和五十七年）　七十八歳
十月、青木ヶ原樹海を見に行く。

一九八八年（昭和六十三年）　八十四歳
五月、脳溢血で倒れ、入院。右半身が不自由となる。退院後、自宅の庭で転倒し骨折、再度入院。以降、入退院を重ねる。

一九九〇年（平成二年）　八十六歳
十月二十六日、心筋梗塞の発作を起こす。その数ヶ月前まで、車椅子で散歩を楽しんでいた。
十月三十一日、心不全のため死去。享年八十六歳。十一月二日、自宅にて告別式。池上本門寺に埋葬。

一九九四年（平成六年）
十二月、岩波書店より『幸田文全集』刊行開始（全二十三巻、一九九七年五月まで）。

主要参考文献

『幸田文全集』全二十三巻　岩波書店
『幸田文の世界』金井景子　小林裕子　佐藤健一　藤本寿彦編　翰林書房
『記憶の中の幸田一族』青木玉　対談集　講談社文庫
『雀の手帖』幸田文　新潮文庫
『包む』幸田文　講談社文芸文庫
『新潮日本文学アルバム』第六十八巻　幸田文　新潮社

初出一覧

第一章　春

蜜柑の花まで　『随筆』一九五五年五月
早春　『株主の皆様へ』一九五七年春号
立春　『西日本新聞』一九五九年二月四日夕刊
春の翳　『西日本新聞』一九五九年三月十五日夕刊
柿若葉　『西日本新聞』一九五九年四月二十四日夕刊
白い花　『西日本新聞』一九五九年四月二十五日夕刊
花三題　『随筆』一九五二年五月
いのち　『週刊NHK新聞』一九五八年六月十五日
藤の花ぶさ　『現代女性講座』第七巻別冊（『女性文庫』第七号）一九六〇年六月
吹きながし　『西日本新聞』一九五九年四月二十九日夕刊

第二章　夏

植木市　『ダイアモンド投資生活』一九六二年九月
夏ごろも　『中部日本新聞』一九六二年七月十日朝刊
風の記憶　『随筆』一九五五年六月

火のいろ　『浄土』一九五四年七月
水辺行事　『東京新聞』一九五一年八月十二日夕刊　抄録
緑蔭小話　『婦人公論』一九四九年八月
風　『アララギ』一九五三年十月
夏おわる　『産経新聞』一九五九年九月六日夕刊
二百十日　『文学界』一九五四年九月
地しばりの思い出　『月刊エコノミスト』一九七〇年九月

第三章　秋

九月のひと　『ベターホーム』一九六四年九月
秋ぐちに　『心』一九六二年十一月
秋さわやか　『こうさい』一九六五年九月
まるい実　『心』一九五九年十一月
ぼろ　『朝日新聞』一九五五年十月九日朝刊
あやかし　『露伴全集』月報第二号　一九四九年七月十日
秋の電話　『北国新聞』一九五三年十月十三日夕刊
霜におしむ　『新婦人』一九五五年十一月
なごりのもみじ　『自然と盆栽』一九八一年十一月
一葉の季感　『一葉全集』月報第七号一九五六年六月

第四章　冬

山茶花　『婦人画報』一九五六年十二月
雪　『三越』一九五二年十一月
引残り　『自由新報』一九六七年十一月
雪――クリスマス　『朝日新聞』PR版　一九六六年十二月二五日　原題は「雪」
新年の季感　『産経時事』一九五八年一月五日朝刊
過去をきく月　未定稿
霜『Ｃｏｏｋ』一九六八年二月
ねぎ　『料理の手帖』一九六〇年二月
雪の匂い　『高砂香料時報』一九六三年六月
木の雪　『短波手帖』一九六〇年一月

本書は、『幸田文全集』（全二十三巻、一九九四—九七年、岩波書店刊）を底本としています。

表記については、原文を尊重しつつ、原則として、旧かなづかいは新かなづかいに、旧字は新字に改めました。読みにくいと思われる漢字にはふりがなをつけています。また、今日では不適切と思われる表現については、作品発表時の時代的背景と作品の価値などを考慮して、そのままとしました。

なお、文末に記した執筆年齢は満年齢です。

幸田文 季節の手帖

2010年2月19日　初版第1刷発行
2017年3月20日　初版第3刷発行
著者　幸田文
編者　青木玉
発行者　下中美都
発行所　株式会社平凡社
〒101-0051 東京都千代田区神田神保町3-29
電話　03-3230-6572（編集）
　　　03-3230-6573（営業）
振替　00180-0-29639
編集協力　二宮信乃
印刷　株式会社東京印書館
製本　大口製本印刷株式会社

ISBN 978-4-582-83466-6
NDC分類番号914.6
四六判（19.4cm）　総ページ208